KB232428

윤보영 시인의

수국 이야기

윤보영 시인의
수국 이야기

펴낸날 초판 1쇄 2025년 6월 20일

지은이 윤보영
펴낸이 서용순
펴낸곳 이지출판
편집위원 김복자, 남궁정원, 정정미 외 한국감성캘리그라피협회 임원진
표지그림 서희 김선희
표지디자인 봄비글씨 정정미

출판등록 1997년 9월 10일
등록번호 제300-2005-156호
주소 03131 서울시 종로구 율곡로6길 36 월드오피스텔 903호
대표전화 02-743-7661 **팩스** 02-743-7621
이메일 easy7661@naver.com
인쇄 ICAN
물류 (주)비앤북스

값 18,000원

ISBN 979-11-5555-252-0 03810

시인의마을 두 번째 캘리그라피 시선집

윤보영 시인의
수국 이야기

시_윤보영
캘리그라피_김복자 외 97인

이지출판

《수국 이야기》 캘리그라피 시선집을 발간하며

'한국감성캘리그라피협회(회장 김복자)'에서 시인의 마을 두 번째 캘리그라피 시선집 《수국 이야기》를 발간합니다.

이번 시집에는 전국 98명의 캘리그라피 작가님들이 윤보영 시인의 짧은 수국 시로 작업한 캘리 작품이 담겨 있을 뿐만 아니라, 작품들이 수국 정원에 깃발로 전시되며 이곳에서 수국 축제 '수국디카시공모전'도 함께 개최됩니다. 그런 면에서 이번 시집 발간은 저에게 큰 의미가 있습니다.

수국시 창작 배경이 된 휴이야기터 수국 정원은 제가 직접 독자들과 수국을 심고 가꾸는 곳이라 남다른 감회가 있습니다. 더불어 이번 시집 발간에 즈음하여 협회 회원 7명이 감성시집을 발간했고, 또 일부 작가님은 감성시 강사로 활동하고 있습니다. 앞으로도 깃발전을 위한 시집 발간을 이어갈 뿐만 아니라, 감성시를 쓰는 시인들의 시가 캘리그라피 작가님들의 작품을 통해 아름다운 예술로 승화될 수 있도록 노력하겠습니다.

이를 위해 '윤보영감성시학교'는 앞으로 '한국감성캘리그라피협회'에서 펼쳐 나갈 다양한 사업에 적극 지원해 드릴 것을 약속드립니다. 더불어 이 시집을 발간할 수 있도록 앞에서 이끌어 주신 김복자 회장님과 남궁정원 부회장님, 그리고 편집을 맡아 주신 정정미 사무국장님께도 진심으로 감사드립니다.

또한 귀한 작품으로 함께해 주신 캘리 작가님들께 감사드리며, 수국을 재배하고 시를 쓸 수 있게 배려하고 깃발전 장소까지 내어 주신 대한철강 박종구 회장님 내외분과 휴이야기터 박신혜 사장님께도 깊이 감사드립니다.

끝으로 멋진 시집을 발간해 주신 이지출판 서용순 대표님과 '윤보영감성시학교' 설립을 추진해 주신 권영조 운영실장님을 비롯한 추진위원님들께도 다시 한번 깊이 감사드립니다. 고맙습니다.

윤보영감성시학교가 있는 '휴이야기터'에서
커피시인 윤보영

차례

윤보영 시인의

수국 이야기

1.

바라만 봐도
저절로 웃음이 나오는 꽃
수국꽃!

그대도 아닌데
그대처럼 예쁜 이유
꽃을 보면서도 모르겠다.

바라만 봐도
저절로 웃음이
나오는
꽃
수국꽃
그대도
아닌데
그대
처럼
예쁜 이유
꽃을
보면서도
모르겠다
윤보영 수국이야기
금하 김정희

금하 김정희 geum_ha_calli

2.

수국길 따라 걷는데
수국꽃이 다가와
서로 손잡겠다고 아우성칩니다

다가와 팔짱을 끼고
가슴에 안기기도 합니다

그대 닮아 좋은 꽃
한 송이도 아니고
어쩌면 좋죠?

수국길 따라 걷는데
수국꽃이 다가와
서로 손잡겠다고
아우성칩니다
다가와 팔짱을 끼고
가슴에 안기기도 합니다
그대 닮아 좋은 꽃
한 송이도 아니고
어쩌면 좋죠
윤보영 수국이야기
주향 이주애 적다

주향 이주애 starlightart_origami

3.

수국꽃 가득 핀
꽃길을 걷다가
꽃이 다가와 손 내밀어도

잡을 수 없다
이미 나는
내 안의 그대 손을
잡고 있어서.

수국꽃 가득 핀
꽃길을 걷다가
꽃이 다가와
손 내밀어도
잡을 수 없다
이미 나는 내 안의 그대
손을 잡고
있어
서

윤보영 수국 이야기
예나글씨
이예나 쓴다

예나글씨

4.

수국꽃을 보고
네 얼굴 닮아서 웃는
작은 행복

그 꽃을
가슴에 담았다가
나도 따라 수국꽃이 된
큰 행복.

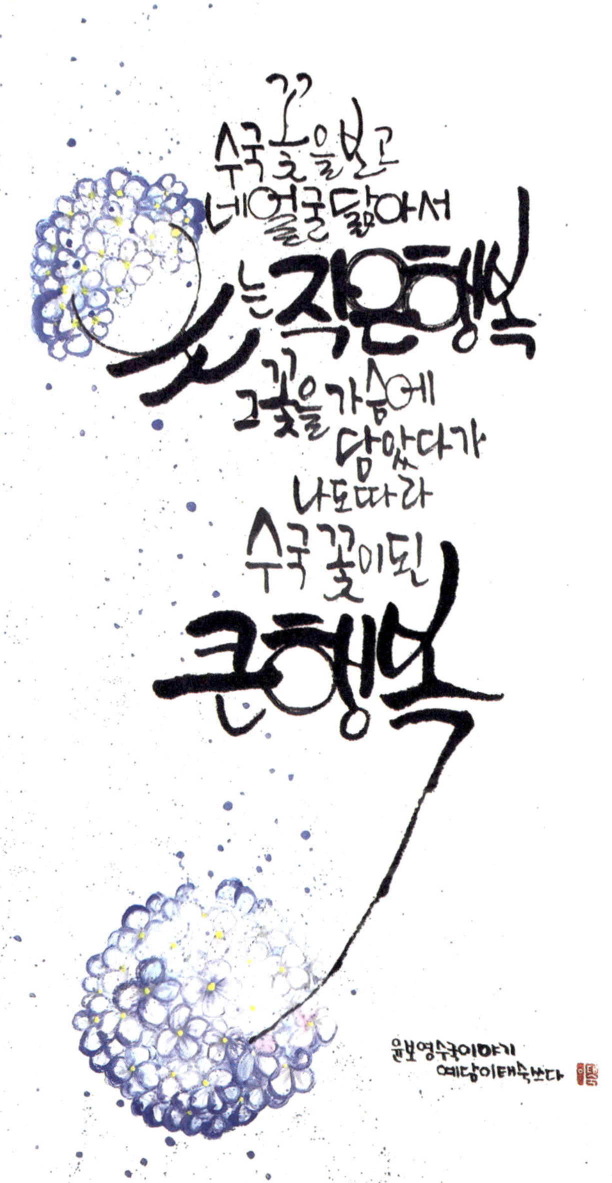
수국꽃을 보고
네 얼굴 닮아서
웃는 작은 행복
그 꽃을 가슴에
담았다가
나도 따라
수국꽃이 된
큰 행복
윤보영 수국이야기
예담 이태숙 쓰다

예담 이태숙 purple_ts2023

5.

수국꽃이 너무 예뻐
손 내밀었는데
괜찮을지 모르겠다

내가 손 내밀 사람
너밖에 없는데.

수국꽃이
너무
예뻐
손
내밀었는데
괜찮을지 모르겠다
내가
손
내밀
사람
너밖에
없는데

윤보영 시 리본 조효진 쓰다

리본 조효진 reborn_0126

6.

수국길을 만들고
수국을 가꾸면서
수국꽃에게, 예쁘게
피워 달라는 부탁 안 합니다

수국나무는
수국꽃을 좋아하는
우릴 위해
최선을 다할 테니까요.

수국길을 만들고
수국을 가꾸면서
수국꽃에게 예쁘게 피워
달라는 부탁 안 합니다
수국나무는
수국꽃을 좋아하는
우리를 위해
최선을 다할
테니까요

혜명수국이야기
벨따 민병금 쓰다

7.

수국을 가꾸면서
세상에, 그저
피는 꽃은 없다는 말
맞는다는 걸 알았습니다

꽃도 사람 같아서
관심과 눈길
사랑까지 주어야
더 예쁜 꽃을 피우니까
더 진한 꽃을 피우니까.

수국을 가꾸면서
세상에
그저
피는 꽃은
없다는 말
맞는다는 걸
알았습니다
수국도 사람
같아서
관심과
눈길
사랑까지
주어야
더 예쁜 꽃을
피우니까
더 진한 꽃을
피우니까
윤보영 수국이야기
별솔 김주숙 마음담아 쓰다

별솔 김주숙 byulsol_art

8.

오늘따라 수국꽃이
너무 예뻐서
'혹시 당신이 왔나?'
이 생각이 들었습니다

수국꽃보다
더 예쁜 당신이지만
그래도 봐줄 거죠?

오늘따라
수국꽃이
너무 예뻐서
혹시
당신이
왔나
이 생각이 들었습니다
수국꽃보다
더 예쁜 당신이지만
그래도 봐줄
거죠

예강 이서하 calli_ kkumbat

9.

그대 닮은 수국꽃이
이리 많이 피다니요

혹시
팝콘 튀기듯
기계로 피운 것 아닌가요?

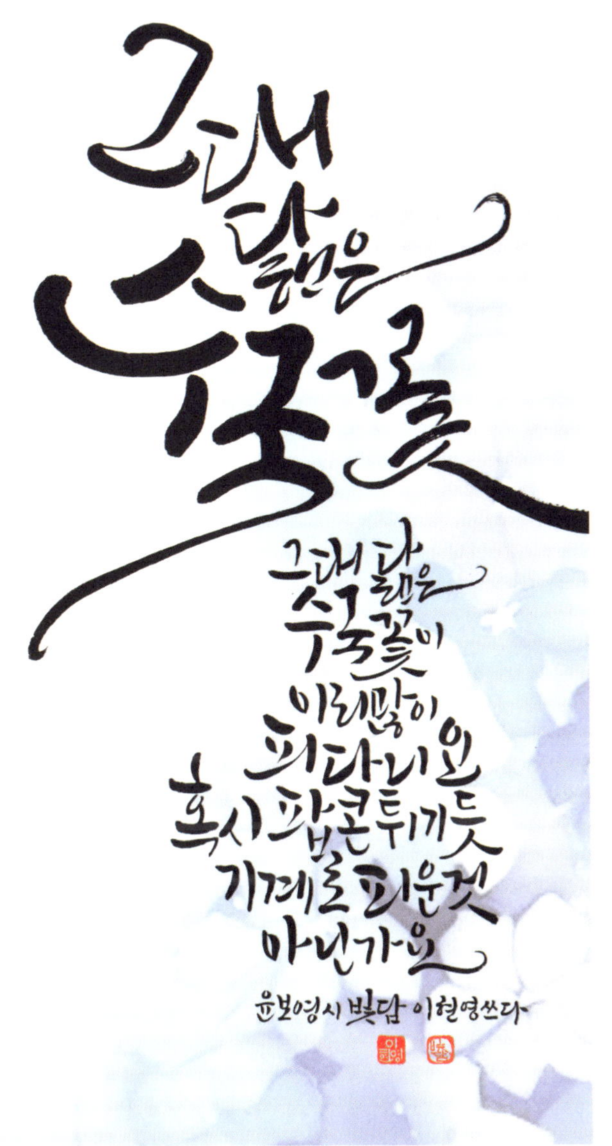
그대 닮은
수국꽃
그대 닮은
수국꽃이
이리 많이
피다니요
혹시 팝콘 튀기듯
기계로 피운 것
아닌가요
윤보영 시 빛담 이현영 쓰다

빛담 이현영 bitdam_calli

10.

예쁜 꽃을 피운
수국나무에
그대 생각을 꽂으면
자기가 당신인 줄 알고
정신없이 달려와
내 가슴에 안길 걸, 아마.

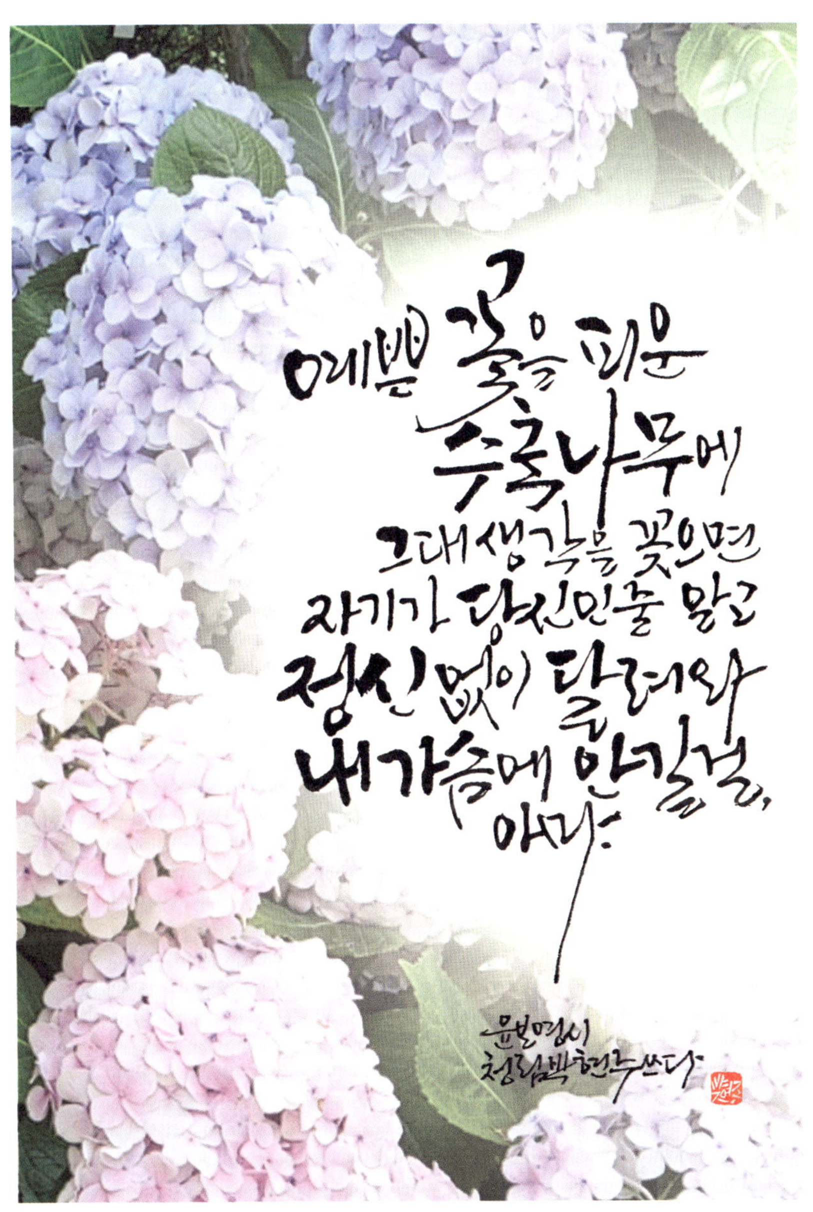
예쁜 꽃을 피운
수국나무에
그대 생각을 꽂으면
자기가 당신인줄 알고
정신없이 달려와
내 가슴에 안길걸,
아마
윤보영 시
청림 박현주 쓰다

청림 박현주 baghyeonju3586

11.

잠깐만요
내가 당신보다
수국꽃을 더 좋아한다 해도
될까요?

당신 닮고 싶어하는 꽃
칭찬이 필요해서요.

잠깐만요
내가 당신보다
수국꽃을
더
좋아한다
해도 될까요?
당신 닮은
수줍어하는 꽃
칭찬이
필요해서요

마음

마음 김용숙 oneuldo_flower

12.

"수국 수국 수국!"
산비둘기 우는
그 소리인 줄 알았습니다

다시 들어 보니
수국길에 수국나무가
서로 예쁘다며
수국꽃 피우는 소리였는데.

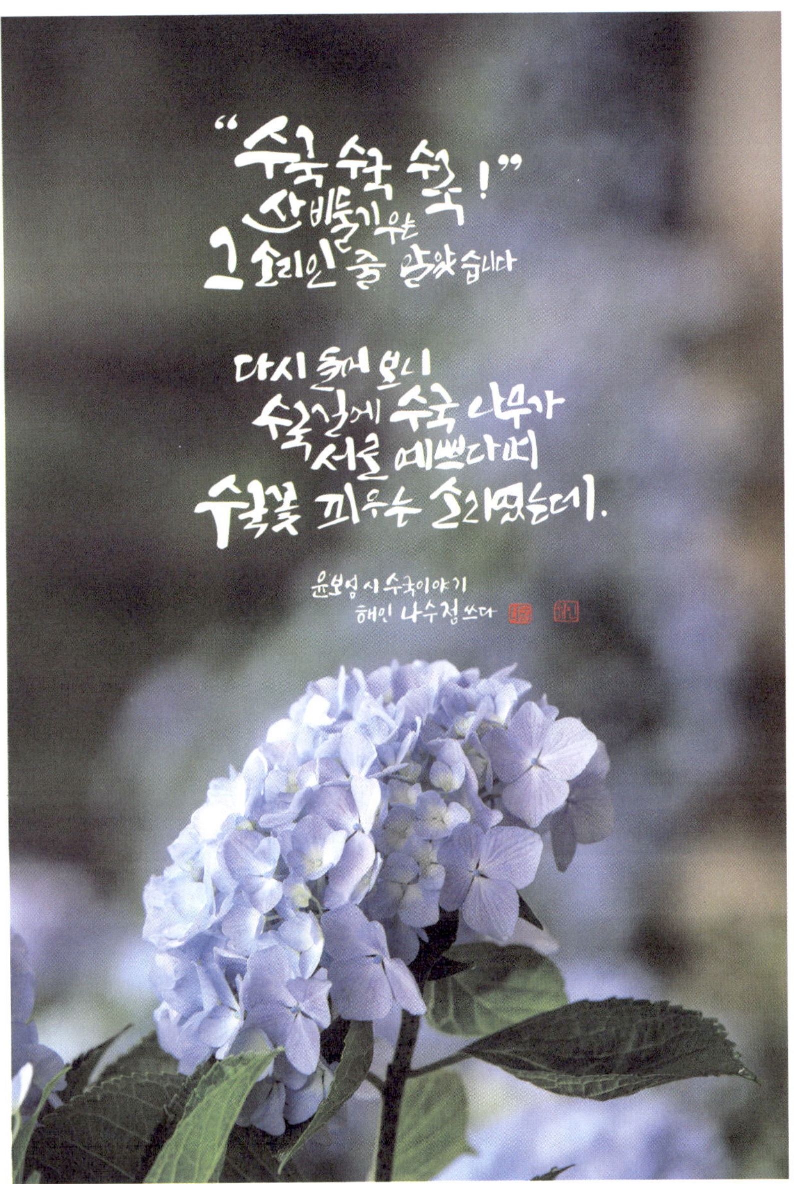
"수국 수국 수국!"
산비둘기 우는
그 소리인 줄 알았습니다
다시 들어 보니
숲길에 수국 나무가
서로 예쁘다며
수국꽃 피우는 소리였는데.
윤보영 시 수국이야기
해인 나수정 쓰다

해인 나수정

13.

저기 저 수국에게
스카프를 두를까?

아니, 안돼!
그럼 천상 당신인데
집으로 데려갈 수도 없고
안돼.

저기 저
수국에게
스카프를 두를까
아니 안 되니
그럼 천상
당신인데
집으로 데려갈
수도 없고
안 되니

윤보영 '수국 이야기'
예빈 강수경 쓰다

14.

수국꽃 앞에서는
당신 얘기 안 하렵니다

자기한테
집중 안 했다고
고개까지 돌려가며 삐질 수 있고

또 알아요,
우리도 당신만큼 예쁘다며
한꺼번에 달려들어
날 넘어뜨릴지.

수국꽃 앞에서는
당신 얘기
안 하렵니다.
자기한테 집중 안 했다고
고개까지 돌려가며
삐질 수 있고
또 알아요
우리도 당신만큼
예쁘다며
한꺼번에 달려들어
날 넘어뜨릴지

윤보영 시 가람 지인옥 쓰다

가람 지인옥

15.

수국 꽃길 앞에
안내문을 붙였습니다
'조심!'

내 안의 당신을 보고
수국꽃이
자기 스타일이라며
한꺼번에 달려들까 봐.

수국
꽃길 앞에
안내문을
붙였습니다
조심
내안의 당신을
보고 수국꽃이
자기스타일이라며
한꺼번에
달려들까 봐
윤보영님 수국이야기를 재효 심지영 쓰다

재효 심지영

16.

수국꽃이
예쁘다
예쁘다
말로만 들었는데

세상에,
당신을
이리 닮을 수 있을까?

수국꽃이
예쁘다
예쁘다
말로만
들었는데
세상에
당신을
이리
닮을수
있을까
윤보영 수국이야기
연캘리 성희연 쓴다

연캘리 성희연 shy8334

17.

수국꽃 앞에서
정신 바짝 차렸습니다
수국꽃이 달려와
자기와
연애하자 할까 봐.

수국꽃
앞에서
정신바짝
차렸
습니다
수국꽃이
달려와
자기와
연애하자
할까 봐

윤보영 수국이야기
글샘 박미자 쓰다

글샘 박미자 geulseamcalli

18.

수국길을 걷다 보면
수국이 된다

그대 얼굴 닮은
수국꽃을 보고 웃다가
그 이유를 알고
내 가슴에 들어온 수국꽃

얼마 걷지 못하고
가슴으로 들어온 꽃으로
수국나무가 된다.

수국길을 걷다보면
수국이 된다
그대 얼굴 닮은
수국꽃을 보고 웃다가
그 이유를 알고
내 가슴에 들어온
수국꽃
얼마 걷지 못하고
가슴으로 들어온 꽃으로
수국나무가 된다

윤보영 - 수국 이야기
단디 홍경애 쓰다

19.

수국꽃은
사랑입니다
행복입니다

아니
둘 다 가진
당신입니다.

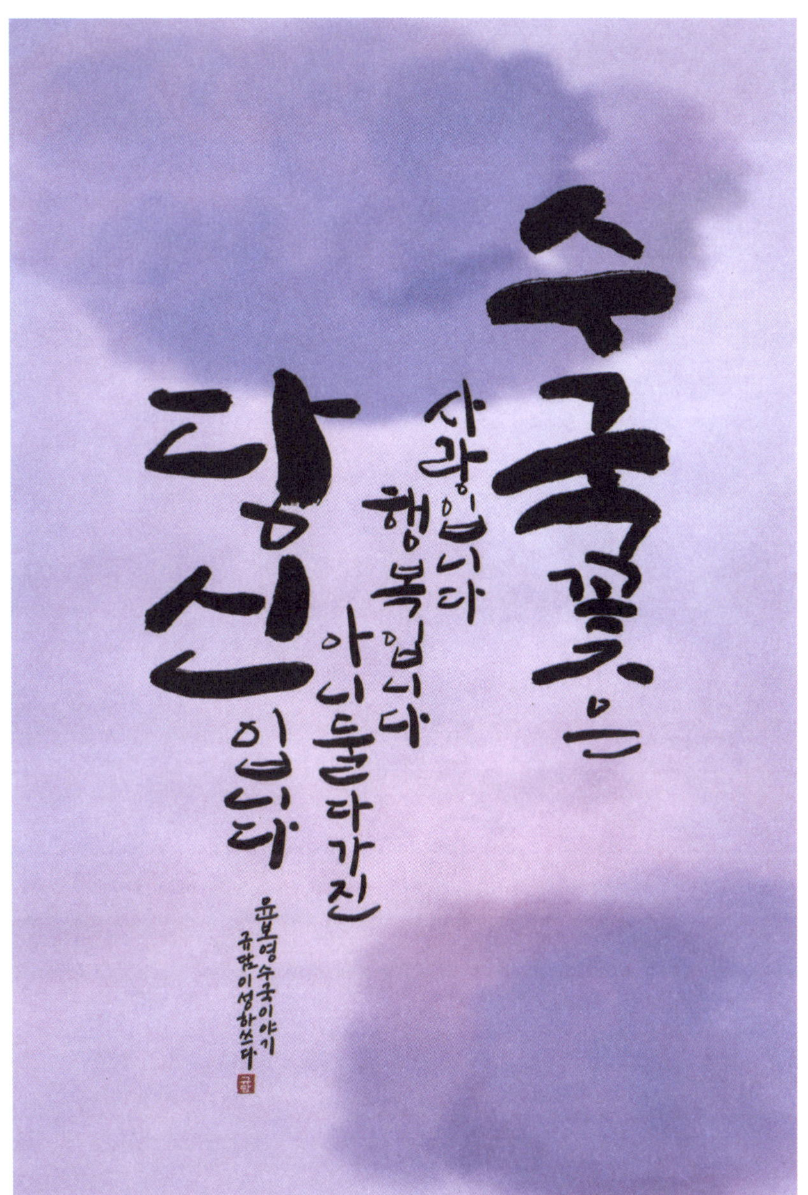
수국꽃은
사랑입니다
행복입니다
아니 둘다 가진
당신입니다
윤보영 수국이야기
규담 이성하 쓰다

규담 이성하 gyudam_calli

20.

당신이
수국꽃 사이에 서 있으면
내가 찾을 수 있을까?

당신이
수국 꽃
사이에
서
있으면
내가
찾을 수
있을
까
윤보영 수국이야기
햇살 최미란 쓰다
최미란
햇살

햇살 최미란 mrchoi2767

21.

수국꽃 좋아하는
당신을 위해
수국을 심었다는 사실!

그 사실
얘기하면
뭐라고 말할까?

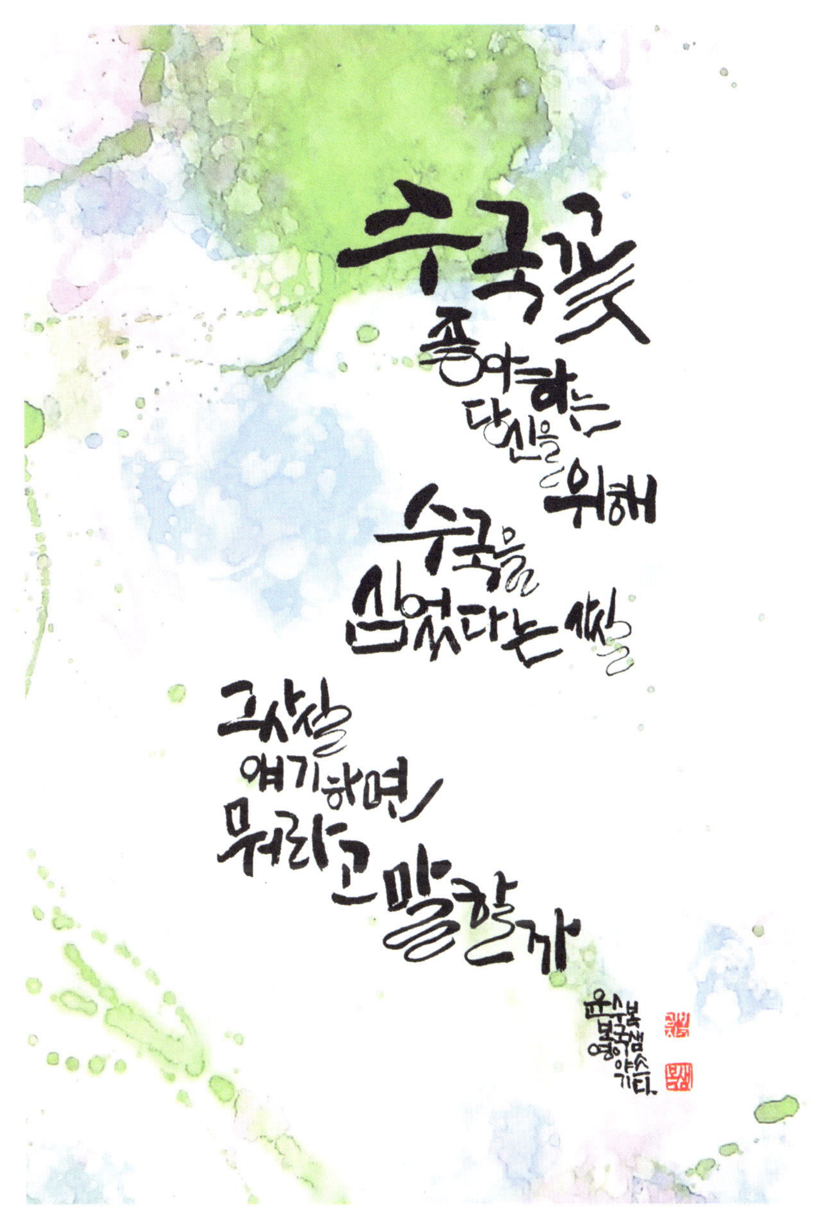
수국꽃
좋아하는
당신을 위해
수국을
심었다는 사실
그 사실
얘기하면
뭐라고 말할까
윤보영 수국이야기 복샘 쓰다.

복샘 김복자 kim.bokja

22.

수국꽃이
글쎄
네 얼굴인 것 있지

이 사실
얘기할까 말까
고민하다가
그냥 웃기만 했지 뭐니!

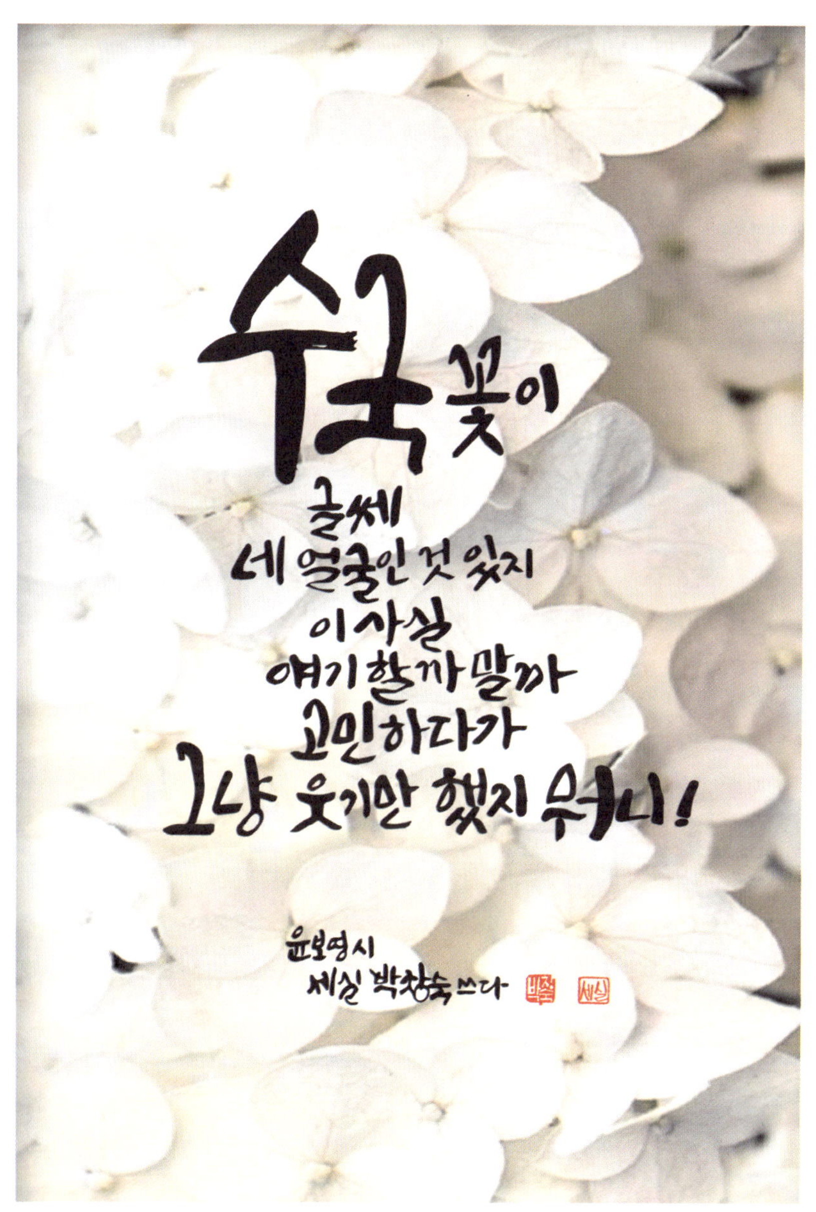
수국꽃이
글쎄
네 얼굴인 것 있지
이 사실
얘기할까 말까
고민하다가
그냥 웃기만 했지 뭐니!
윤보영 시
세실 박창숙 쓰다

세실 박창숙

23.

수국 수국
수국꽃을 좋아하다 보니
눈에도 수국
생각에도 수국

내 일상에 수국꽃
너밖에 없다.

생각에도 수국
눈에도 수국
좋아하다 보니
수국수국 수국꽃을

윤보영 님의 수국 이야기
라임 김태인 쓰다

라임 김태인 kti_715

24.

수국나무는
키 큰 가지나
키 작은 가지나
다 예쁜 꽃을 피운다

모든 꽃이
당신 닮아
예쁘다 할 수밖에 없다.

키큰가지나
키작은가지나
다예쁜꽃을
피운다
모든꽃이
당신닮아
예쁘다
할수밖에
없다
윤보영수국이야기
진캘리박진아쓴다

진캘리 박진아 jina991004

25.

수국 언덕에 핀
수국꽃은 모두
그대 얼굴이
모델이었다는 사실!
몰라도 됩니다.

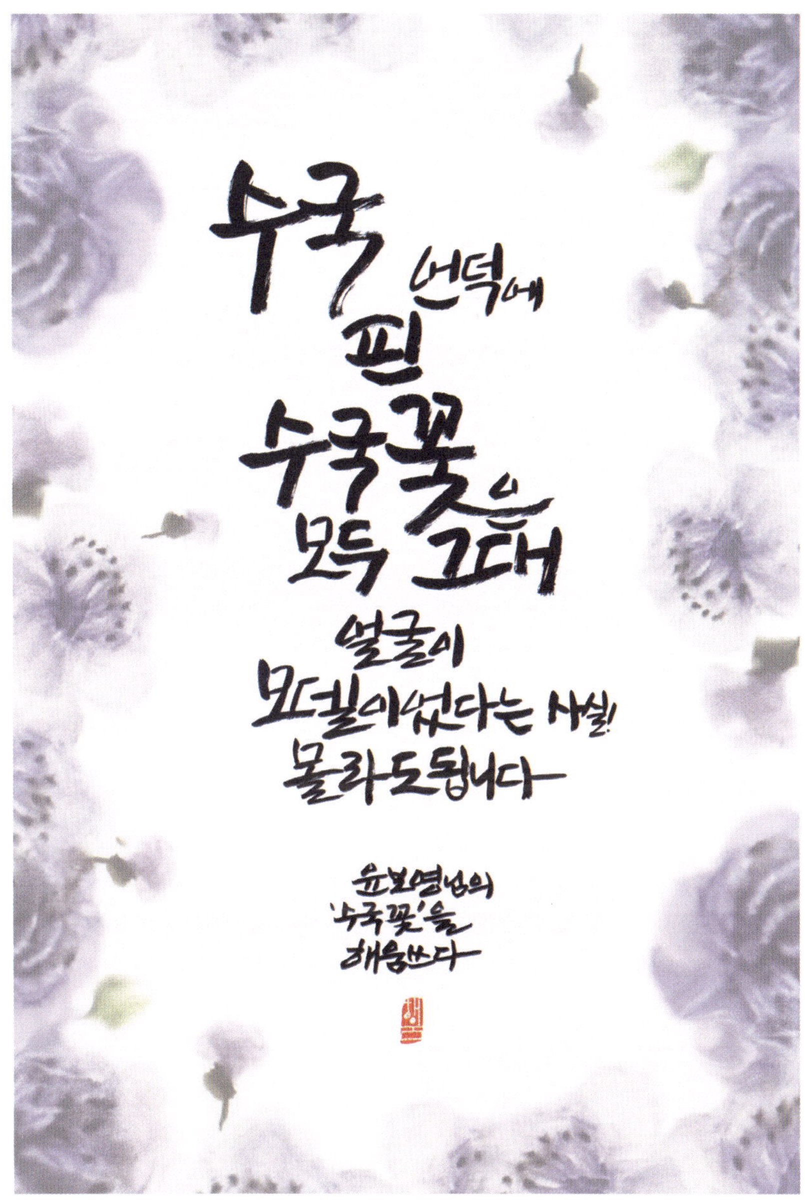
수국 언덕에
핀
수국꽃을
모두 그대
얼굴이
모델이었다는 사실!
몰라도 됩니다
윤보영님의
'수국꽃'을
해움쓰다

해움 박현정 hjart.kr

26.

수국 언덕에
활짝 핀 수국꽃이
당신 얼굴이라서
초상권을 침해했다면
행복한 마음으로
벌금 내겠습니다.

수국언덕에
활짝핀
수국꽃이
당신얼굴이라서
초상권을
침해했다면
행복한마음으로
벌금내겠습니다
윤보영시
가원김금숙쓰다

가원 김금숙

27.

잠시만요!
수국길 걸으면서
그대 생각
잠시 멈추어야겠어요

보이는 수국꽃이 모두
그대를 너무 닮아
내 안에 담아야 하거든요
이해해 주실 거죠?

잠시만요!
수국길 걸으면서
그대생각
잠시멈추어야겠어요
보이는 수국꽃이 모두
그대를 너무 닮아
내 안에
담아야 하거든요
이해해
주실거죠?
윤보영 수국이야기
조아 남궁정원 書

28.

어느 날
수국나무가
꿈속에 찾아와
“저 혹시
가슴에 담긴 얼굴
벤치마킹해도 될까요?”

어느날
수국나무가
꿈속에
찾아와
"저 혹시 가슴에
담긴 얼굴
벤치마킹
해도
될까요?"
윤보영 시
쓰다

라나 구정란 rana_calligraphy_

29.

'수국꽃이
왜 당신 얼굴일까?'

아무리 생각해도
당신이 수국꽃이라는
그 답밖에 없다.

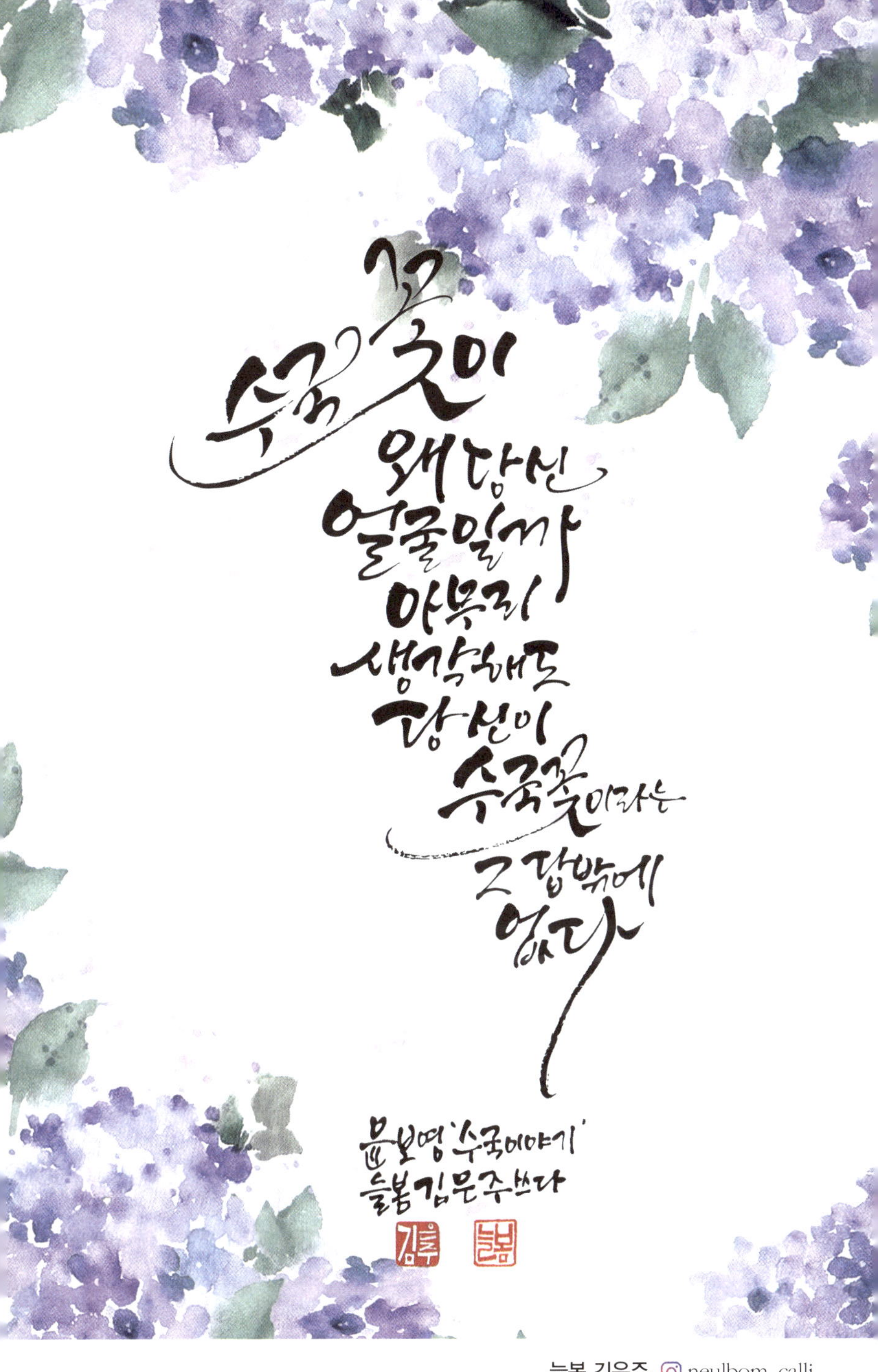
수국꽃이
왜 당신
얼굴일까
아무리
생각해도
당신이
수국꽃이라는
그 답밖에
없다
윤보영 '수국이야기'
늘봄 김은주 쓰다
늘봄

늘봄 김은주 neulbom_calli

30.

수국꽃이 예쁠까
내가 예쁠까
다투고 있는데

옆에서
도토리나무가
"도토리 키재기!"

수국꽃이
예쁠까
내가
예쁠까
다투고 있는데 옆에서
도토리나무가
도토리 키재기

윤보영님시
수림 김연주붓

수림 김연주 surim 1101

31.

수국꽃 앞에서
눈을 찡긋!
꽃이 난리입니다

나?
혹시 나?

수국 앞에서
눈을 찡긋
꽃이
흐드러집니다
나?
혹시 나-?
윤별영 수국이야기
하늘남영아 쓰다

하늘 남영아 skydesign1206

32.

수국 꽃길을 걷는데
꽃 한 송이
갑자기 쓰러집니다

기다리고 기다리던
자기 스타일이 왔다며
날 보고 놀라서.

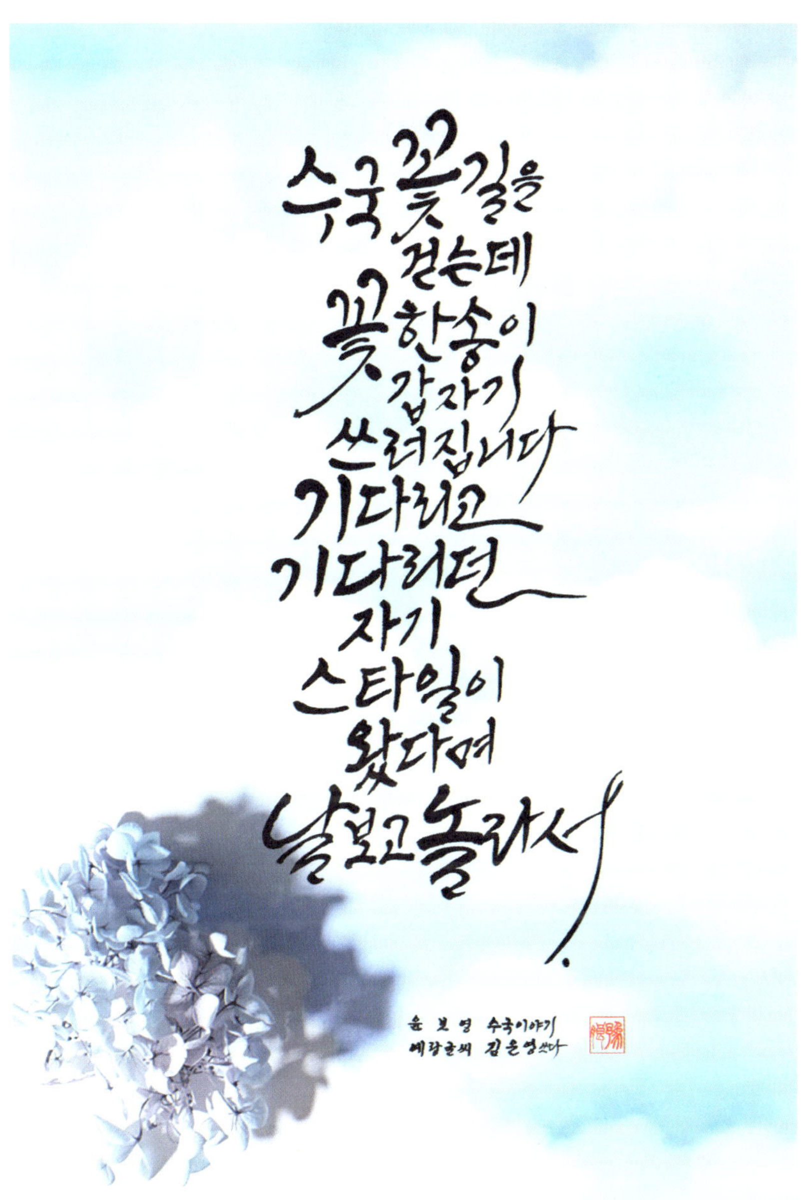
수국 꽃길을
걷는데
꽃 한 송이
갑자기
쓰러집니다
기다리고
기다리던
자기
스타일이
왔다며
날 보고 놀라서.
윤보영 수국이야기
예랑글씨 김은영 쓰다

예랑 김은영 ljkey55

33.

수국꽃
한 송이에 웃음을
한 송이에 사랑을
한 송이에 행복을 …

그러다 생각했다
'이 수국이
그대였으면!'

수국꽃
한송이에
웃음을
한송이에
사랑을
한송이에
행복을
그리다
생각했다
이수국이
그대였으면
윤보영 시 수국이야기
정담 최선희 쓰다

정담 최선희

34.

수국꽃 앞에서
좋아한다고
말하지 않겠습니다

이미 좋아하고 있었다고
말하렵니다

당신 얼굴 닮아
이리 예쁜데
이리 아름다운데.

수국꽃
앞에서
좋아한다고
말하지 않겠습니다
이미
좋아하고
있었다고
말하렵니다
당신 얼굴 닮아
이리 예쁜데
이리
아름다운데
윤보영 시 해당 이미례 쓰다

해당 이미례 haedang_calli

35.

수국꽃밭에서
밥 안 먹어도
되는 이유?

그대 닮은 꽃
보기만 해도 배부르니까.

수국꽃밭에서
밥 안 먹어도 되는 이유
죄다 닮은 꽃
보기만 해도
배부르니까

공글씨 공신정 kongletter_calli

36.

수국꽃은
꽃송이가 많이 모여
크게 보이고

그리움은
그대 생각이 많이 담겨
넓게 보이고.

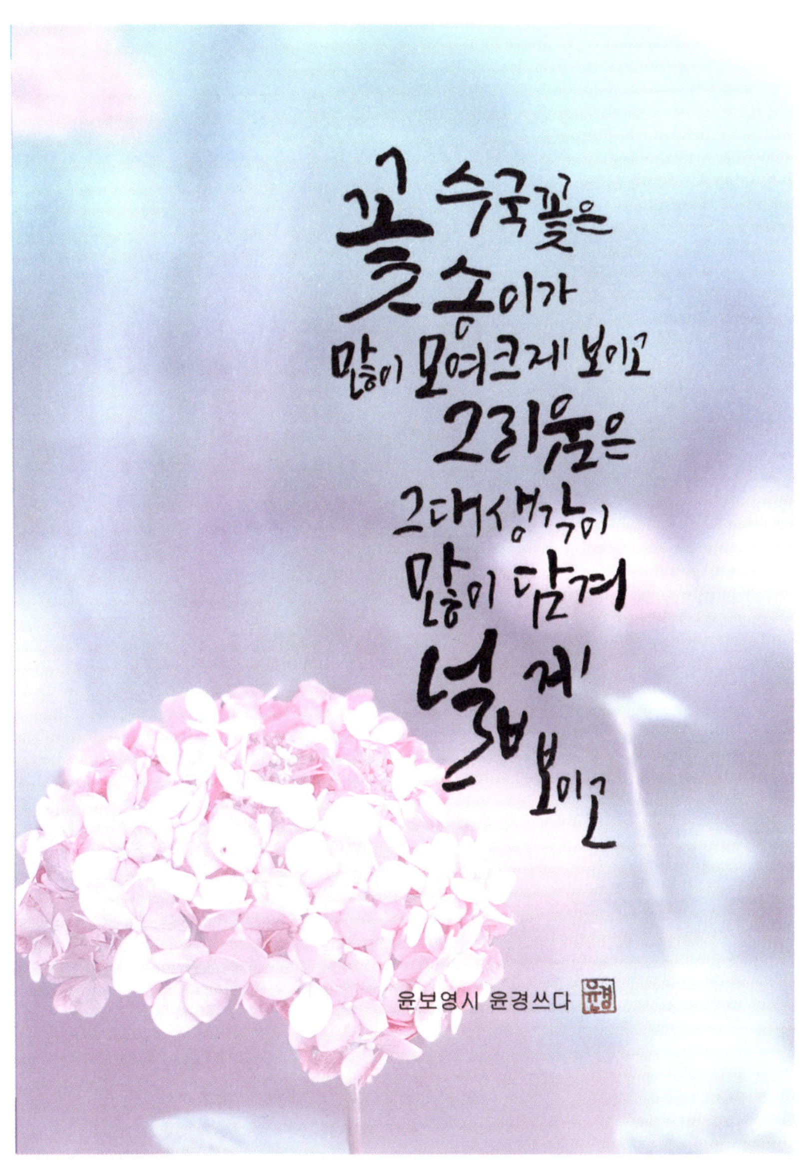
꽃
수국꽃은
송이가
많이 모여 크게 보이고
그리움은
그대 생각이
많이 담겨
넓게
보이고
윤보영 시 윤경 쓰다
윤경

윤경 김윤경

37.

'혹시 당신
수국꽃?'
하고 물을 뻔했다

예쁜 수국꽃을 보고
감탄
또 감탄하다가
이런 실수 할 뻔했다.

'혹시
당신
수국꽃?' 하고
물을 뻔했다
예쁜 수국꽃을
보고 감탄 또
감탄하다가
이런 실수할 뻔했다
윤보영 수국이야기
다홀 김혜영 쓰다

다홀 김혜영 dahol_flower_calli

38.

한 송이만 피어도
예쁜 수국
모여 피면, 그리움처럼
가슴 찡한 감동까지 건넨다

내 앞에 수국꽃처럼
내 가슴에 담긴
당신 웃는 모습처럼.

한 송이만 피어도
예쁜 수국
모여 피면, 그리움처럼
가슴 찡한 감동까지 건넨다

내 앞에 수국꽃처럼
내 가슴에 담긴
당신 웃는 모습처럼.

윤보영 시
나무 김지현 쓰다

39.

수국꽃 앞에서
말문이 막힌 이유?

꽃, 꽃, 꽃!
꽃마다 그대를 닮아서

닮아도 너무 닮아
"언제 왔어?"
이 말이 나올 뻔해서.

수국꽃 앞에서
말문이 막힌 이유

꽃 꽃

꽃마다
그대를 닮아서
닮아도 너무 닮아
언제 왔어
이 말이 나올 뻔해서

윤보영 수국이야기
예랑 이순자 쓴다

이순자

예랑 이순자

40.

수국길을 걷다가
'이 수국꽃이 다 돈이라면
난 부자!'

이미 그대 생각으로
부자인 내가, 글쎄!

수국길을 걷다가
이 수국꽃이 다 돈이라면
난 부자!
이미 그대 생각으로
부자인 내가
글쎄!!
윤보영 詩
평심 신종윤

평심 신종윤 sjy0071

41.

산수국, 목수국
아나벨 수국, 유럽 수국…

꽃을 피운 수국들은
서로 예쁘다고
자랑하지 않는다

다 예쁜 걸 알고
자기가, 사랑받고
핀 것도 아니까.

산수국
아나벨수국
옥수국
유럽수국
꽃을 피운 수국들은
서로 예쁘다고
자랑하지 않는다
다 예쁜 걸 알고
자기가 사랑받고
핀 것도 아니까
윤보영 수국이야기
달달김미영쓰다

달달 김미영 daldal_8761

42.

수국을 가꾸면서
말을 가르쳤더니
사람들 앞에서
제법 말을 하네요

꽃이 예쁘다는 말에
“당신도요!”

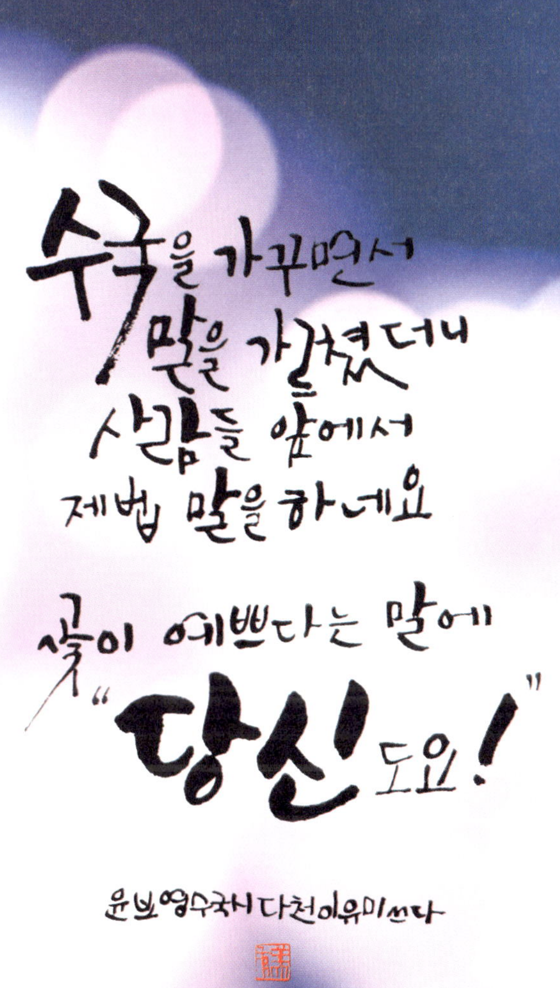
수국을 가꾸면서
말을 가르쳤더니
사람들 앞에서
제법 말을 하네요
꽃이 예쁘다는 말에
"당신도요!"
윤보영 수국시 다천 이유미 쓴다

다천 이유미 ymdream

43.

수국꽃은
관심으로 핀다
정성으로 핀다

아니,
당신 생각으로 핀다.

수국꽃은
관심으로 핀다
정성으로 핀다

아니,

당신
생각으로
핀다

윤보영님의 시
Calligraphy by 캘리플로라

캘리플로라 김가영 calli.flora

44.

어느 수국꽃이
제일 예쁠까?
심사하다가
포기 신청했어요

한결같이
당신 얼굴 닮아서.

어느 수국꽃이
제일
예쁠까?
심사하다가
포기신청했어요
한결같이
당신 얼굴
닮아서

윤보영 님의 글
글솜 김기남 씀

글솜 김기남 kkn_calli

45.

수국꽃 앞에서
"당신 얼굴이네?"
하고 말했다가
나?
나?

자기냐며 묻는 소리가
와글와글와글.

수국꽃
앞에서
"당신 얼굴이네?"
하고 말했
다가
나? 나?
자기냐며 묻는 소리가
와글와글
와글
윤보영 수국이야기
달빛채이 문채희 쓰다

달빛채이 문채희 moonlight_c.i

46.

이곳
수국 정원은
근처 식당에서
안 좋아할 것 같다

수국꽃을 보다가
밥 먹을 생각을 잊어서.

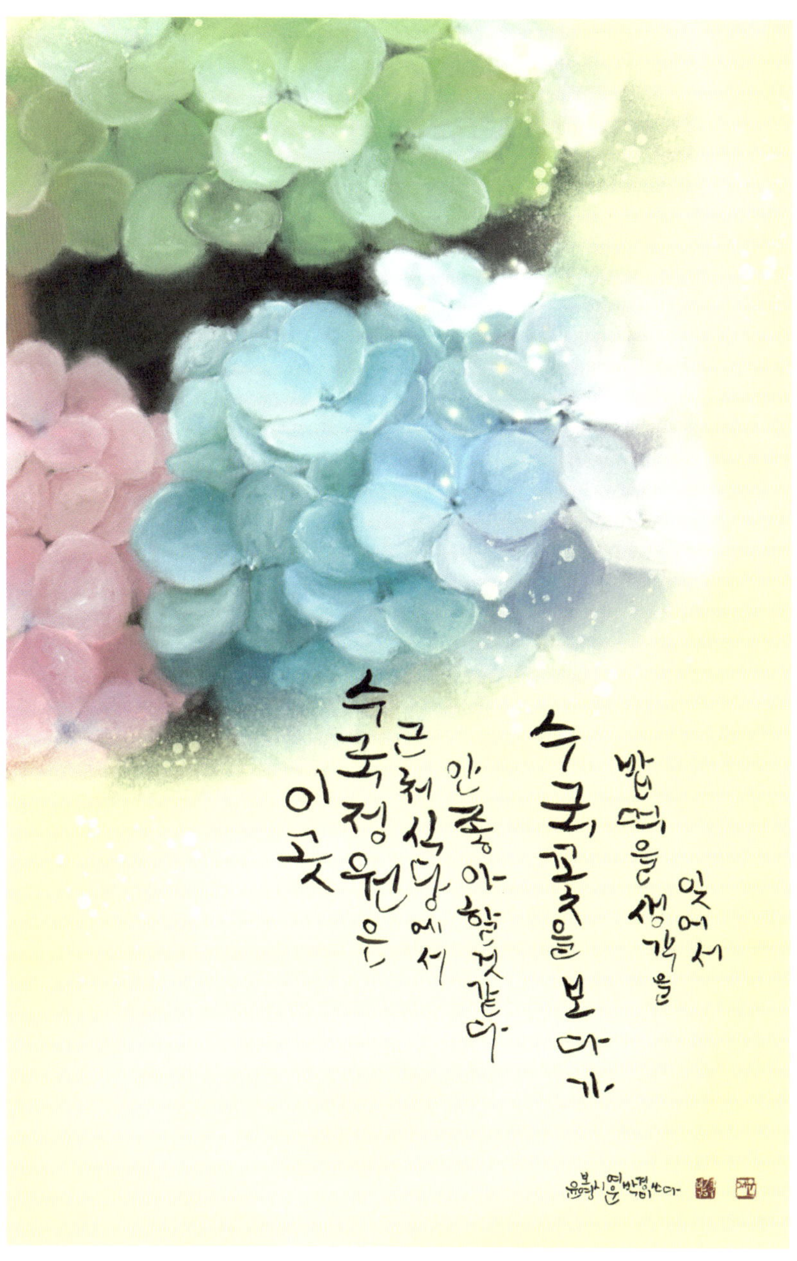
잊어서
밥때를 생각을
수국꽃을 보다가
안 좋아할 것 같다
근처 식당에서
수국정원은
이곳
윤보영 시 여운 박경미 쓰다

여운 박경미 gl.gyeol_calli

47.

수국은
물을 좋아합니다
그 물로
가지 끝에 꽃을 피웁니다

나는
당신을 좋아합니다
당신 생각으로
행복한 일상을 만듭니다.

수국은 물을
좋아합니다
그 물로 가지 끝에
꽃을
피웁니다
나는 당신을
좋아합니다
당신 생각으로
행복한
일상을
만듭니다
윤보영 수국 이야기
미당 이광희 쓰다

미당 이광희 raonjena_gwanghee

48.

수국길을 걷는데
수국꽃이 다가와
어깨에 손을 얹고
“수고했어!”
“잘 될 거야!”

힘든 생각 지우려고
꽃을 보러 왔는데
내 표정을 읽었나 봅니다.

어깨에 짐을 얹고
수국꽃이 다가와
걷는데
수국길을
수고했어
잘될거야
힘든 생각
지우려고 꽃을
보러 왔는데
내 표정을
읽었나
봅니다
윤보영 시
하담 쓰다

49.

수국길을 지나는데
수국꽃이 다가와
"오늘 내가
언덕이 되어 줄까?"
이러는 거 있죠

어이없어 웃다가
힘든 일상을 지웠습니다.

채콩
수국길을
지나는데
수국꽃이
다가와서
"오늘 내가 언덕이
되어줄까?"
이러는거예요
어이없어 웃다가
힘든 일상을
지웠습니다
윤보영 시
채콩 원채빈 쓰다

채콩 원채빈 bbeens_calligraphy

50.

수국이 꽃을 피워
바다를 만들었다면
믿겠어요?

그 바다
그리움을 담고
제 가슴에 있다면요?

수국이 꽃을 피워
바다를
만들었다면
믿겠어요?
그 바다
그리움을 담고
제 가슴에 있다면요?
윤보영 수국이야기 소예 김현옥 쓰다

소예 김현옥

51.

수국꽃이
예쁜 이유

저절로 아름다운
당신과 달리

수국은
최선을 다해
꽃을 피웠으니까.

수국
예쁜 이유
저절로 아름다운
당신과 달리
수국은 최선을 다해
꽃을
피웠으니까
윤보영님 시
가민 이영림 쓰다

가민 이영림 youngrim2021

52.

좋아하는 사람을
떠나보낸 사람
수국밭으로 오세요

활짝 핀 꽃 속에서
그 사람
웃는 얼굴
다시 만날 수 있으니까요.

좋아하는 사람을
떠나보낸 사랑
수국밭으로
오세요.
활짝 핀
꽃 속에서
그 사랑 웃는 얼굴
다시 만날 수
있으니까요

윤보영 수국이야기 늘빛 이남주 쓰다

늘빛 이남주 neul_bit

53.

수국 언덕에
단풍나무가 있다

하지만
저 나무들
가을이 걱정이다

저리 꽃만 바라보다
단풍 대신
수국꽃을 피우면 어떻게 해?

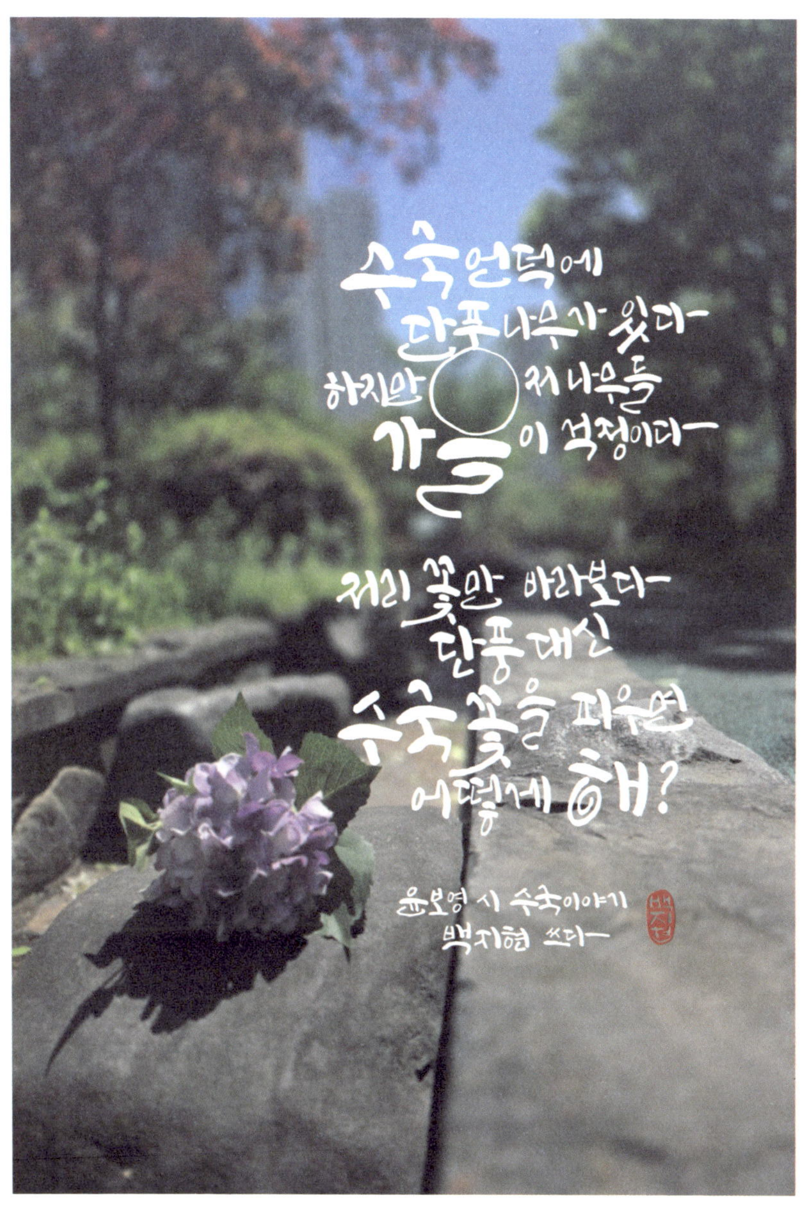
수국 언덕에
단풍나무가 있다
하지만 저 나무들
가을이 걱정이다
저리 꽃만 바라보다
단풍 대신
수국꽃을 피우면
어떻게 해?
윤보영 시 수국이야기
백지현 쓰다

청현 백지현

54.

그리움은
지우는 게 아니라
간직하는 것이고

수국꽃은
생각하는 게 아니라
직접 보는 것입니다

그 이유
와서 보면 알아요.

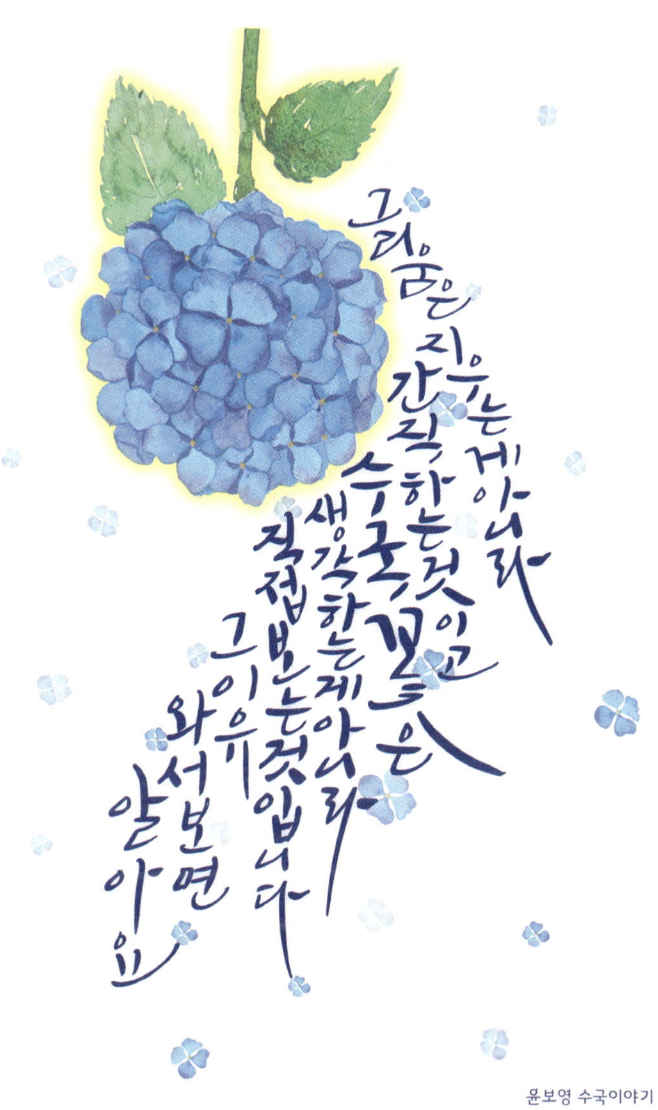
그리움은 지우는 게 아니라
간직하는 것이고
수국꽃은
생각하는 게 아니라
직접 보는 것입니다
그 이유
와서 보면
알아요
윤보영 수국이야기
Bombi_gulssi

봄비글씨 정정미 bombi_gulssi

55.

수국꽃을 심는다는 게
그대 생각을 심었다

다행이다
활짝 핀 수국꽃이
그대처럼
예뻐도
너무 예뻐서.

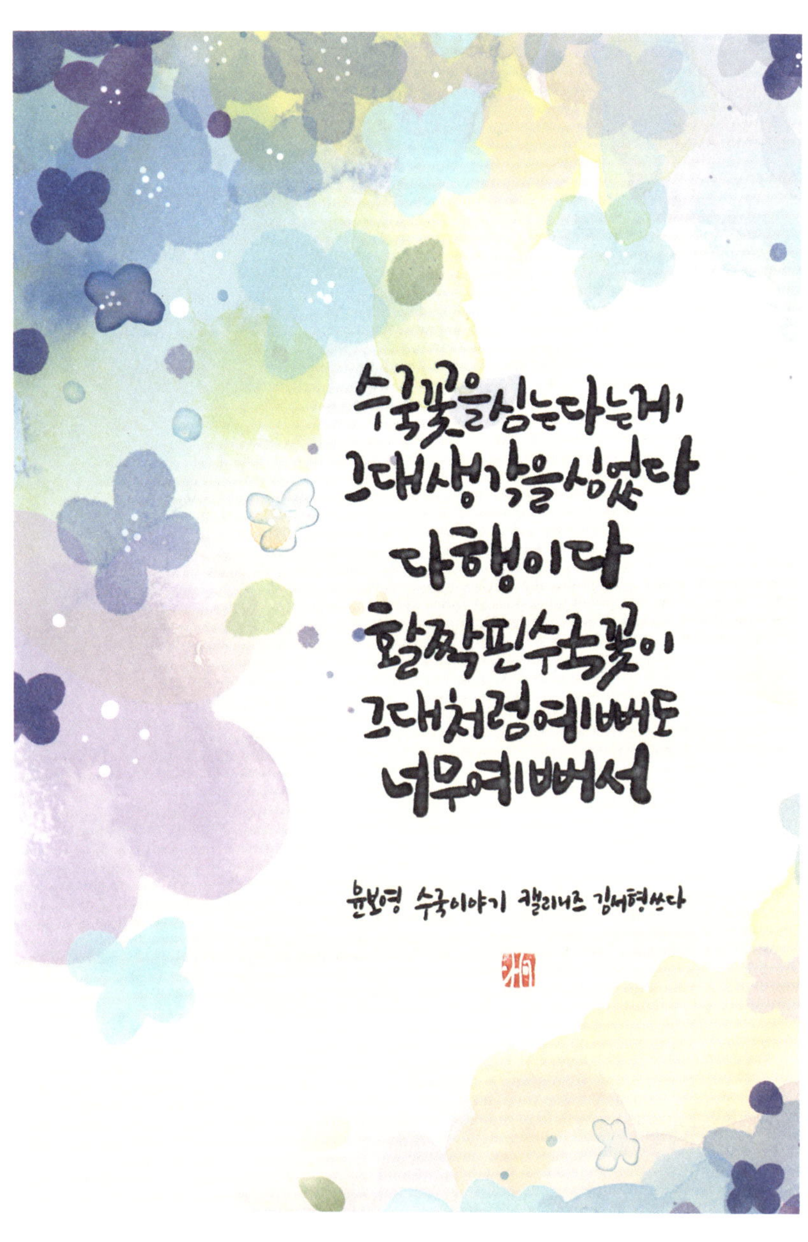

수국꽃을심는다는게
그대생각을심었다
다행이다
활짝핀수국꽃이
그대처럼예뻐도
너무예뻐서
윤보영 수국이야기 캘리니즈 김서형쓰다

캘리니즈 김서형 callineeds

56.

수국꽃 활짝 핀 길에서
어느 꽃이 당신을 닮았지?
이 고민
할 필요가 없습니다

꽃이 모두
활짝 웃는 당신
얼굴이니까.

수국꽃
활짝 핀 길에서
어느 꽃이 당신을
닮았지?

고민이
할 필요가 없습니다

꽃이 모두 활짝 웃는
당신 얼굴이니까

윤보영 수국이야기로
레이디벅스 권유희 쓰다

레이디벅스 권유희

레이디벅스 권유희 geoje_ladybugs

57.

수국꽃을 보면
왜 이렇게 기분이 좋지?

아,
꽃이 당신 닮아서
아니,
당신이라서!

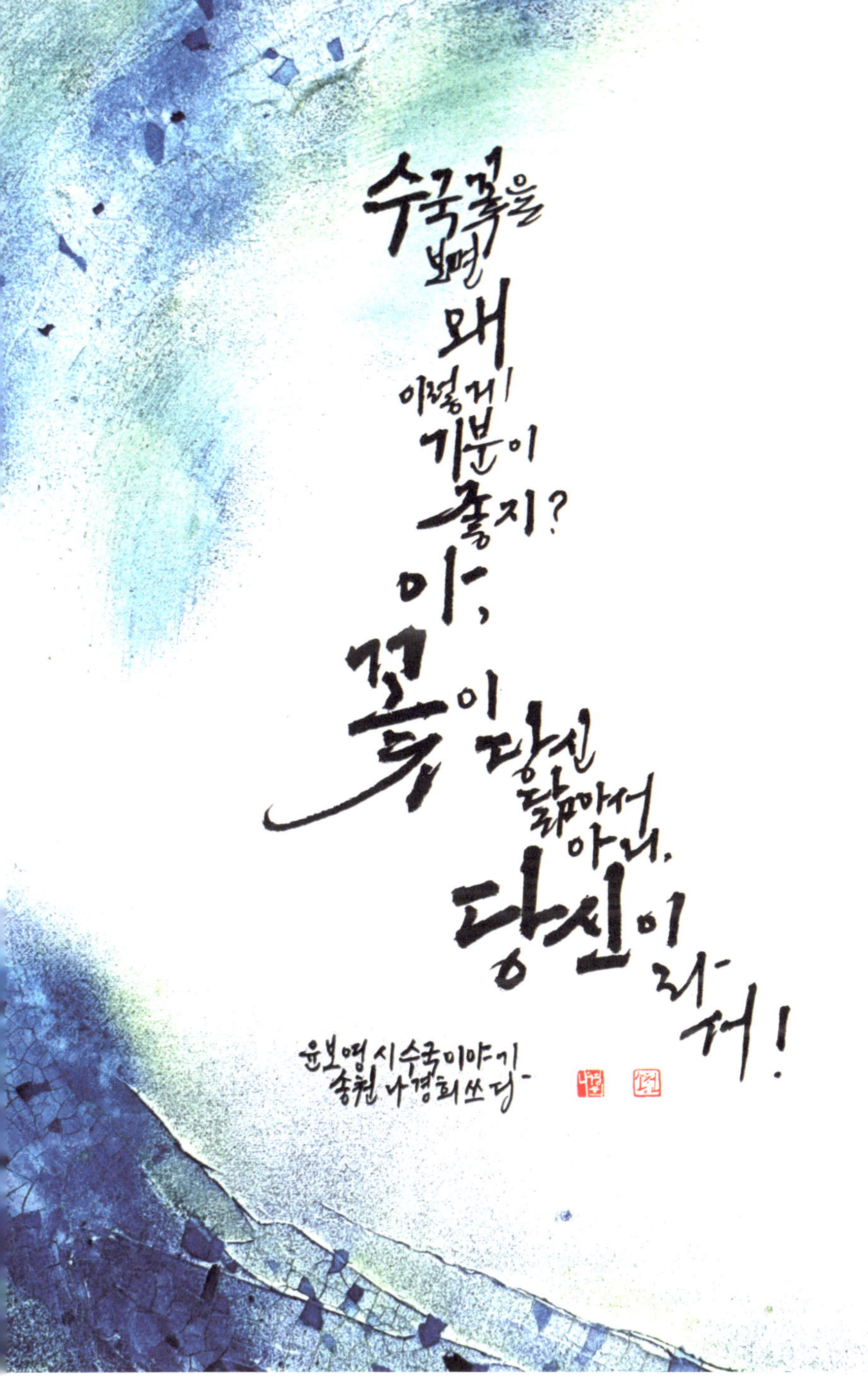
수국꽃을 보면
왜 이렇게 기분이 좋지?
아, 꽃이 당신 닮아서
아니, 당신이라서!
윤보영 시 수국이야기
송천 나경희 쓰다

송천 나경희

58.

수국꽃을 보다가
수국꽃 닮은
당신 생각이 났습니다

이제
당신 만나면 들려줄
얘깃거리가 하나 더 생겼습니다.

수국꽃을
보다가
수국꽃 닮은
당신 생각이
났습니다.
이제 당신
만나면
들려줄
얘깃거리가
하나 더
생겼습니다.

윤보영 시
신작로 쓰다 옥례

59.

당신도 아니면서
당신처럼 예쁘다며
자랑하는 수국꽃
밉지 않다.

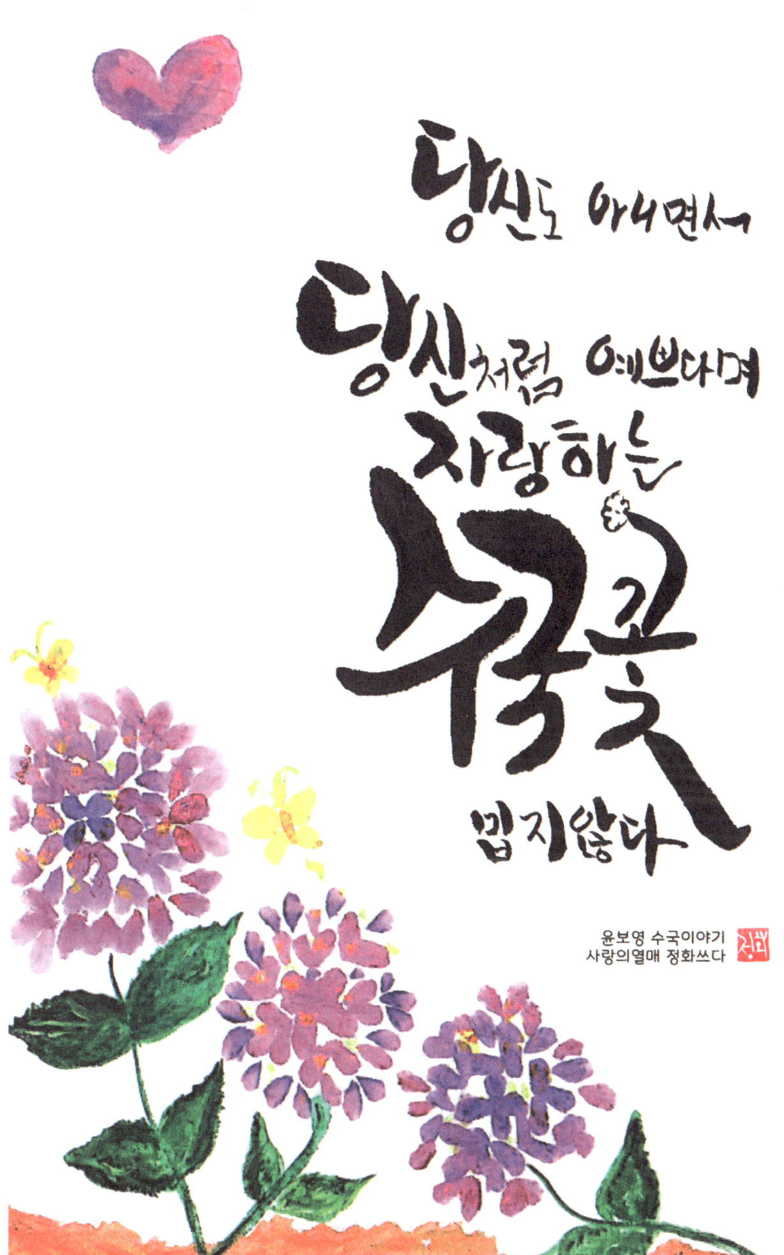
당신도 아니면서
당신처럼 예쁘다며
자랑하는
수국꽃
밉지 않다
윤보영 수국이야기
사랑의열매 정화쓰다

사랑의 열매 최정화 salomcjw

60.

수국꽃이
바닷가에도 피었다
수국꽃 닮은 그대 생각
서울에서 꺼냈는데
그 여운, 고맙게도
부산까지 따라와 피었다.

수국꽃이
바닷가에도
피었다
수국꽃
닮은
그대생각
서랍에서
꺼냈는데
고맙게도
부산까지
따라와
피었다
윤보영詩 수국 송율쓰다

61.

콩깍지 씌었지?
그래, 나 지금
너에게 콩깍지 씌었어

심어도 심어도
자꾸 더 심고 싶은
수국 너에게.

콩깍지 씌였지
그래 나 지금
너에게
콩깍지 씌였어
싫어도 싫어도
자꾸 더 싶고 싶은
수국 너에게
윤보영 시 수국이야기
정원 이선영 쓰다

정원 이선영 jungwon23_calli

62.

바다 빛 수국꽃
어쩌면 당신도
이 수국꽃
좋아할지 모른다는
그 생각 꺼냈는데

그 여운!
참 길게도 따라온다
그래서 더 좋다.

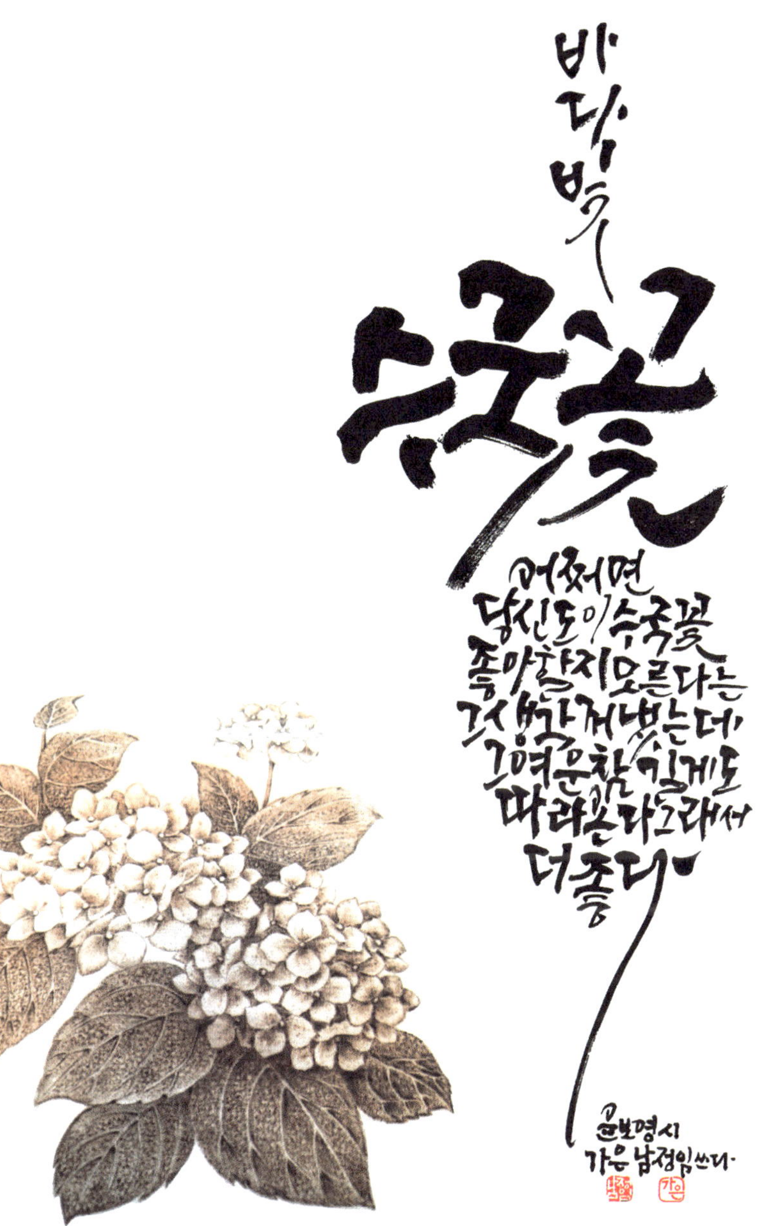
바닷빛
수국꽃
어쩌면
당신도 이 수국꽃
좋아할지 모른다는
그 생각 해냈는데,
그 여운 참 길게도
따라온다 그래서
더 좋다
곽보영 시
가은 남정임 쓰다.

가은 남정임 glophin_calli

63.

장맛비로
후덥지근하던 기분
그대 생각 한 번에 맑아졌다

이제
그대 웃는 얼굴로
내 안에
수국꽃이나 피워야겠다.

장맛비로
후덥지근하던 기분
그대생각
한번에 맑아졌다
이제 그대
웃는 얼굴로
내안에
수국
꽃이나
피워야
겠다
유보영 시 소정 김형애 쓰다

소정 김형애 hakj0308

64.

보고 온 수국꽃이
자꾸 생각난다

꽃을 보면서 꺼낸
그대 생각 때문인지

그대 생각나게 한
수국길을
가슴에 담아와서인지.

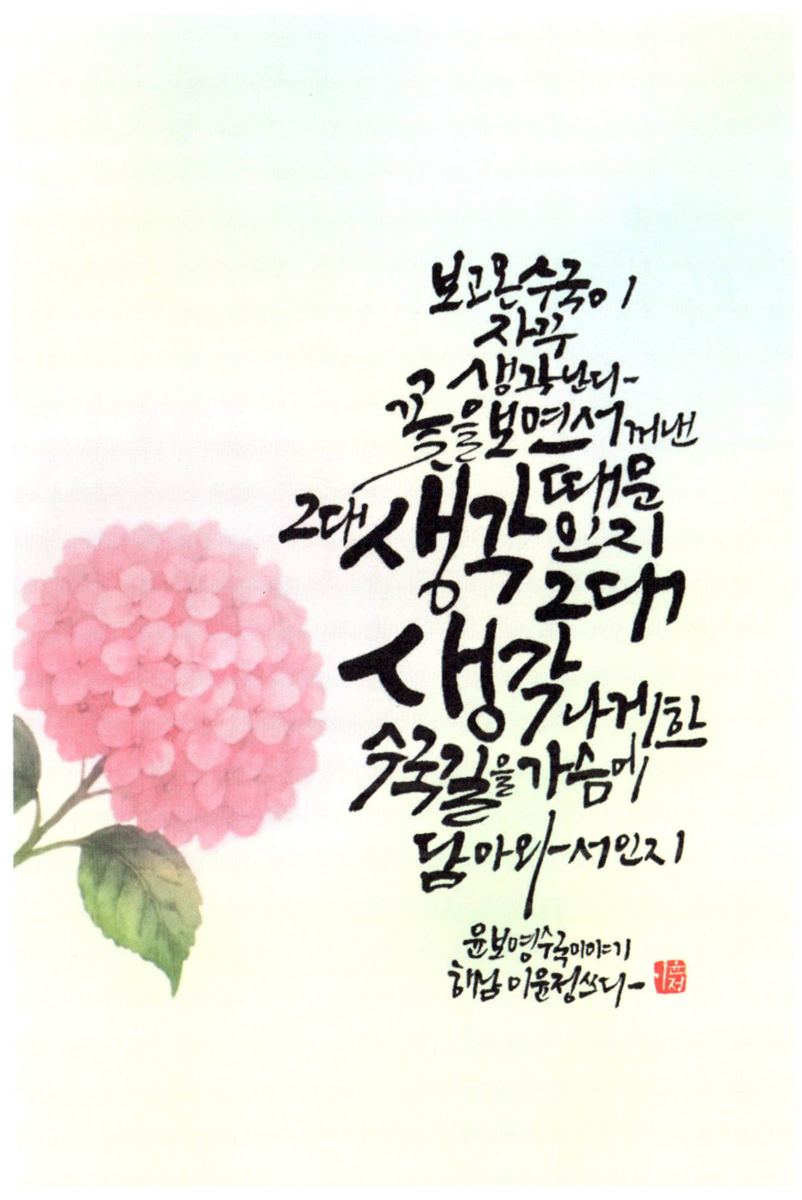
보고 온 수국이
자꾸
생각난다
꽃을 보면서 꺼낸
그대 생각 때문인지
그대 생각나게 한
수국길을 가슴에
담아 와서인지
윤보영 수국 이야기
해남 이윤정 쓰다

65.

수국, 수국!
하는 저를 보고
수국꽃 되겠다고 했지요

그대가 좋아하는 꽃인데
수국꽃 되면 더 좋지요.

소중한 처음을
소중한 보물이
되게 해달라고 했지요
그대가 좋아한
처음인데
소중한 보물이
되면 더 좋겠지요
윤보영 시 호연 조연아 쓰다

호연 조연아 hoyeonhada_calli

66.

수국을
한마당 심어 놓고 보니
들판에 모내기 한 것처럼
부자 된 기분이다

이제
그대 닮은
수국꽃 필 때까지
기다리면 된다.

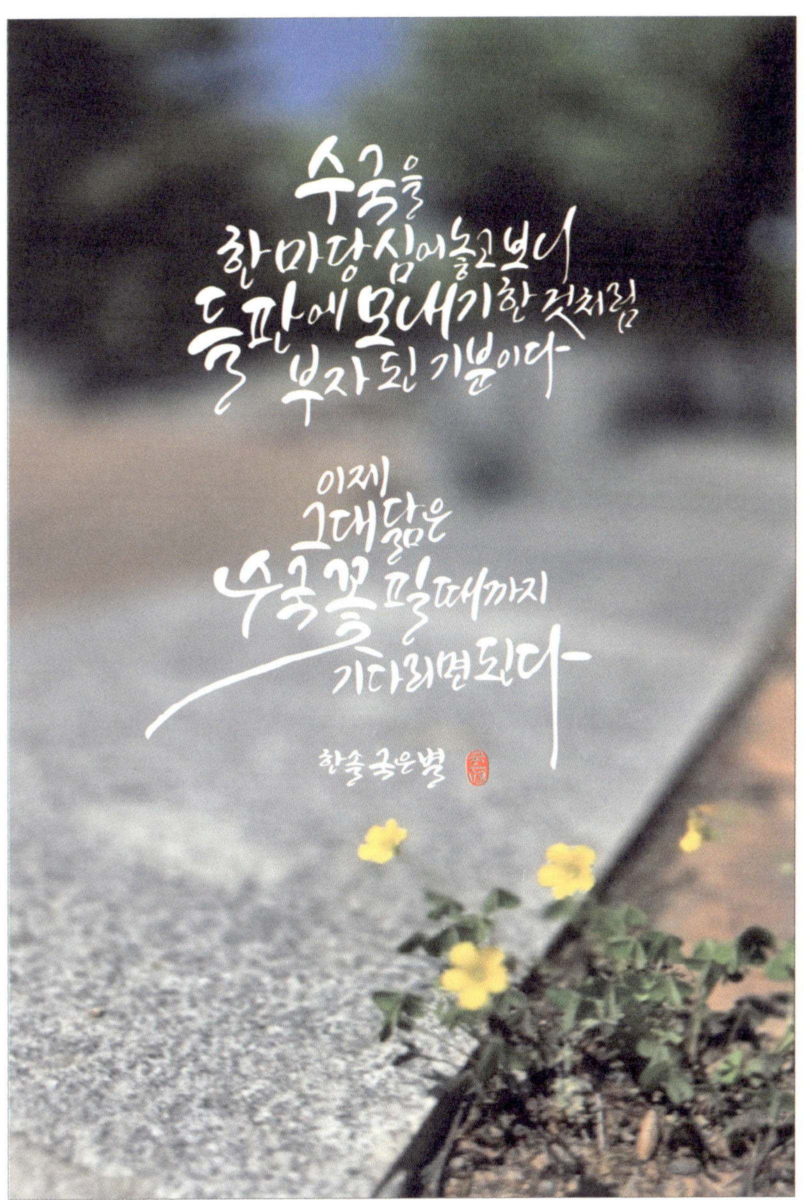
수국을
한마당 심어놓고 보니
등판에 모내기한 것처럼
부자된 기분이다

이제
그대닮은
수국꽃 필때까지
기다리면 된다

한솔 국은별

한솔 국은별 stella_calli

67.

수국을
한 마당 심었으니
꽃이 피면
그대 생각 더 나겠지

그대 얼굴 닮은
수국꽃 앞에서
나도 따라 웃다가
수국꽃 되겠지.

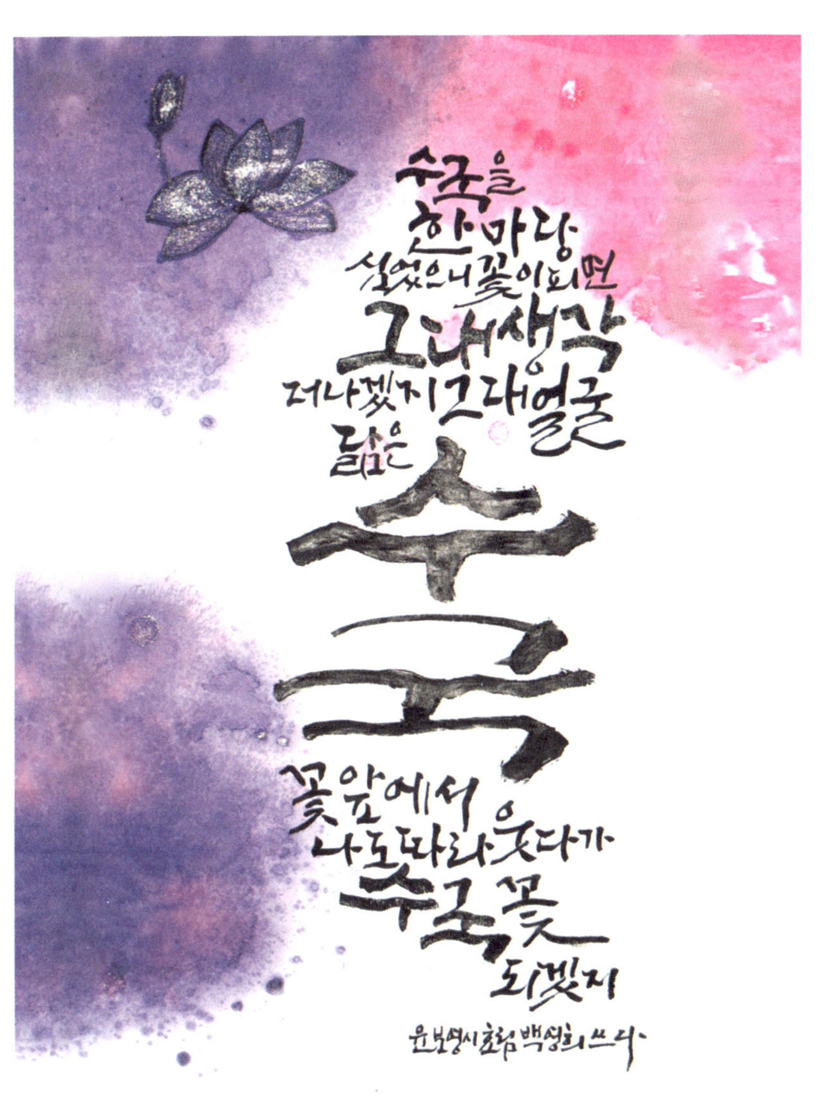
수국을
한마당
심었으니 꽃이 피면
그대 생각
더 나겠지 그대 얼굴
닮은
수국
꽃 앞에서
나도 따라 웃다가
수국꽃
되겠지
윤보영 시 효림 백영희 쓰다

효림 백영희 byh6263

68.

수국은
저절로 꽃이 필 텐데
왜 걱정하냐고요?

수국꽃 좋아하는 그대!
꽃마다 그대 얼굴일 텐데
걱정 안 할 수 있나요?

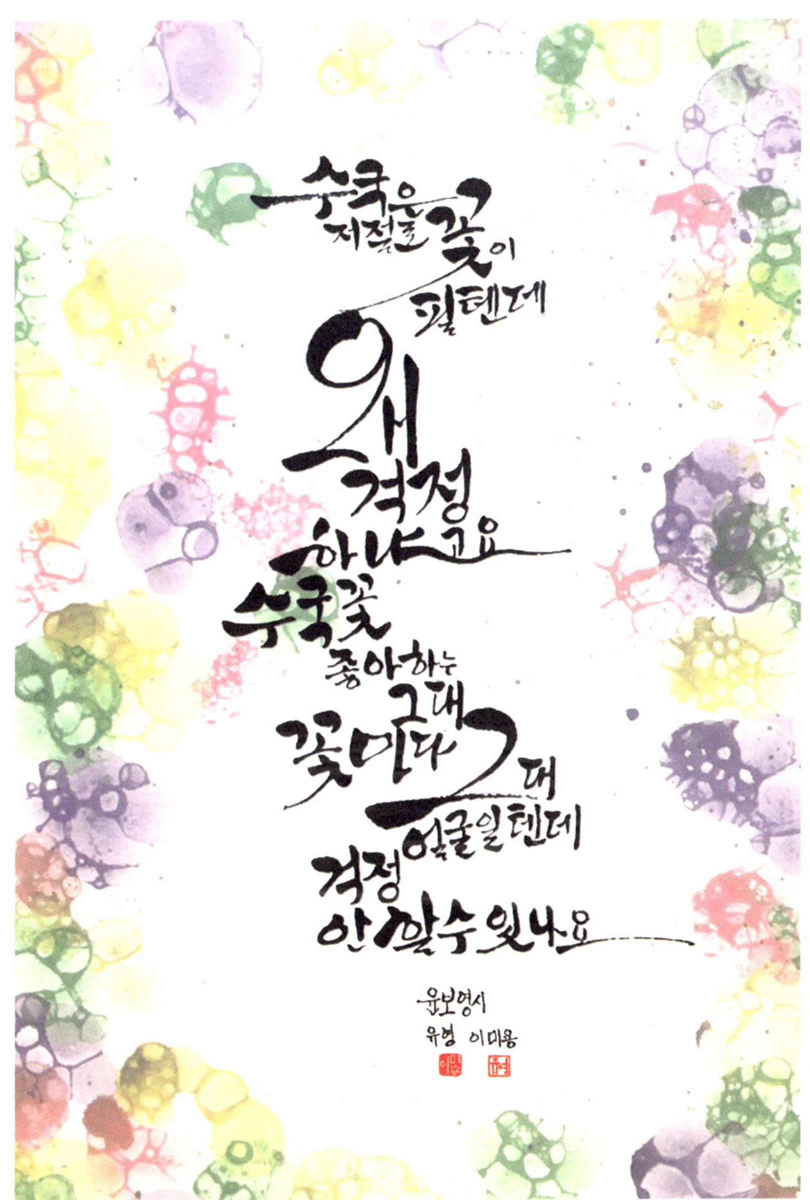
수국은
저절로 꽃이
필텐데
왜
걱정
하나요
수국꽃
좋아하는
그대
꽃이다
그대
얼굴일텐데
걱정
안할수 있나요
윤보영시
유영 이미용

유영 이미용

69.

수국꽃
좋아한다 해서
수국을 심었습니다

수국꽃이 피면
그대 생각
배부르게 할 수 있겠지요
벌써 행복합니다.

수국꽃
좋아한다해서
수국을
심었습니다
수국꽃이피면
그대생각
배부르게
할수있겠지요
벌써
행복합니다

윤보영수국이야기
해솔김고현쓰다

70.

수국꽃은
은은해서 좋아요
그래요, 맞아요

그 은은함 때문에
그대를 좋아했고
한세월
내 안에 담고 사니까요.

수국꽃은
은은해서
좋아요

그래요 맞아요 그 은은함
때문에 그대를 좋아
했고 한세월 내 안에
담고 사니까요

윤보영 수국이야기 놀캘리 교록 윤동주 쓰다 

교록 윤동주 noll.calli

71.

수국꽃을 보다가
그대가 생각나면
생각하지 뭐

그게 사랑이고
이게, 내가
그대를 좋아하는
이유인데.

소담
수국꽃을
보다가
그대가
생각나면
생각하지
뭐
그게
사랑이고
이제 내가
그대를
좋아하는
이유인데
남궁순
윤보영 수국이야기

소담 남궁순 namgungsun44

72.

내가 수국꽃을
좋아하는 게 아니라
수국꽃이
나를 좋아했으면!

수국꽃이
그대 닮았다는 생각에
기분이 좋아, 그냥
꺼내 본 생각입니다.

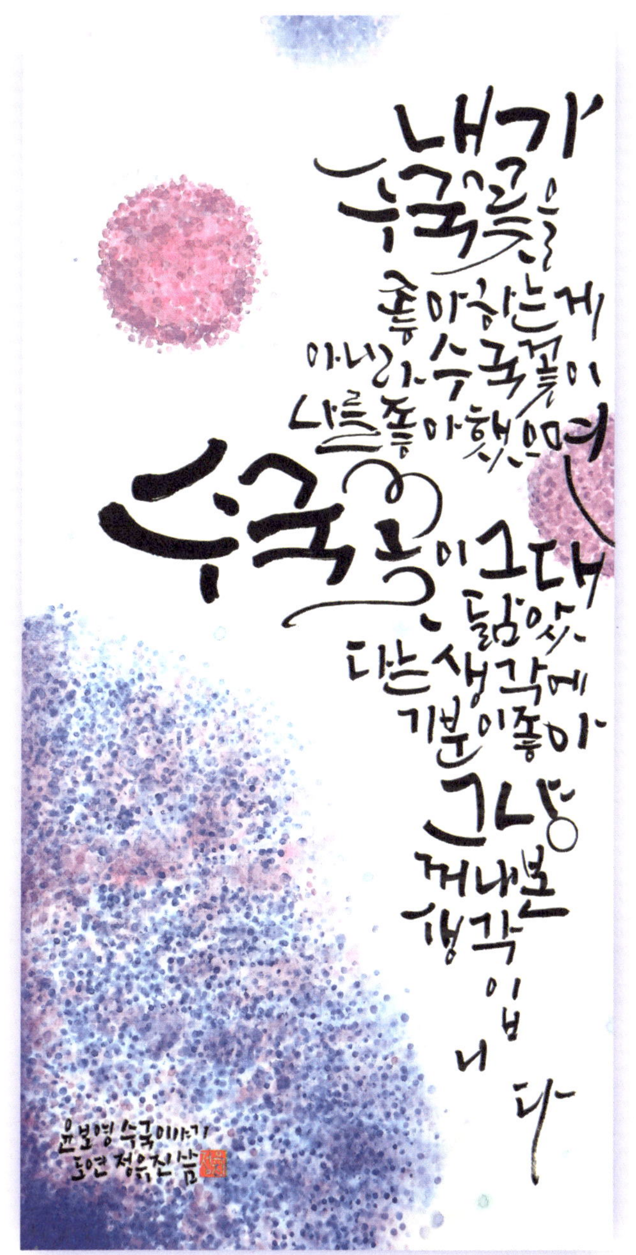
내가
수국꽃을
좋아하는게
아니라 수국꽃이
나를 좋아했으면
수국꽃이 그대
닮았
다는 생각에
기분이 좋아
그냥
꺼내본
생각입니다
윤보영 수국이야기
도연 정유진 씀

도연 정유진

73.

수국꽃을 보다가
그대 생각하는 건
당연합니다
수국꽃이 예쁘듯
그대 모습도 예쁘니까.

수국꽃을
보다가
그대
생각하는건
당연합니다
수국꽃이
예쁘듯
그대모습도
예쁘니까
윤보영님의 수국시를 그린나래 김정아 쓰다

그린나래 김정아

74.

이
수국꽃
보고 있으면
어린아이가 됩니다

그렇다고 가슴에
그대 생각 지우는 건
아닙니다.

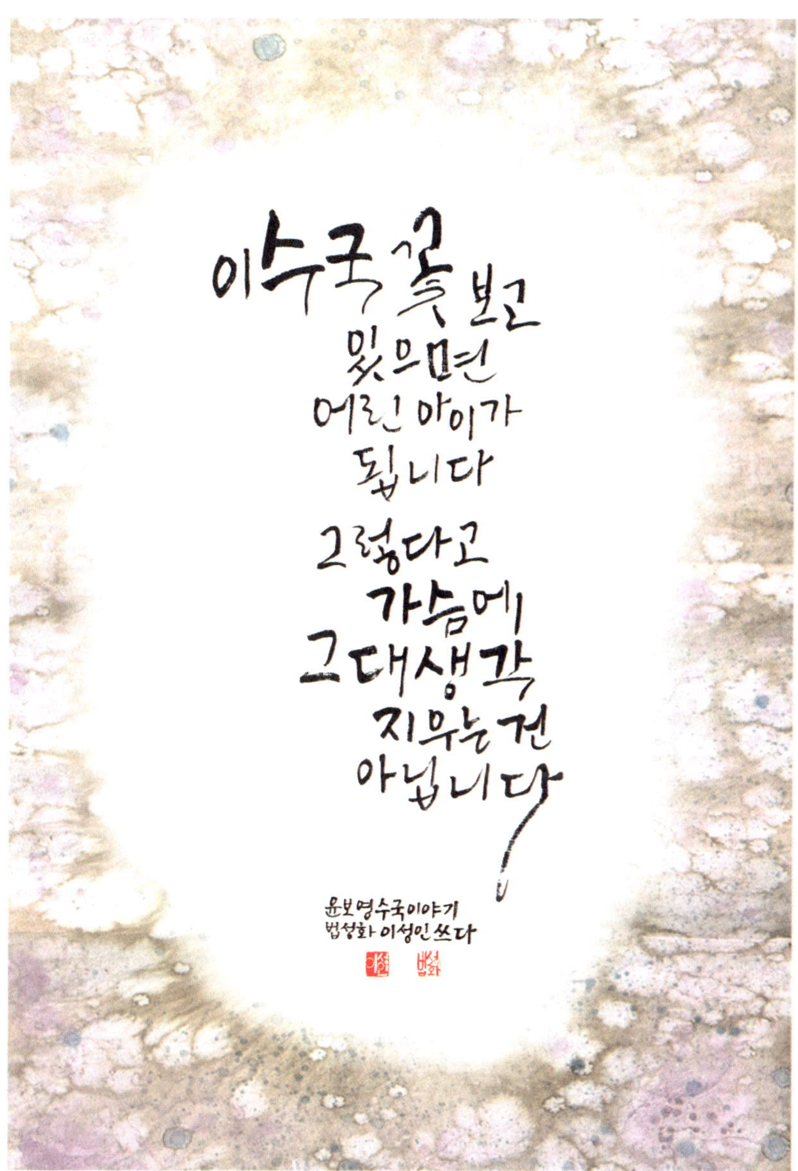
이 수국 꽃 보고
있으면
어린 아이가
됩니다
그렇다고
가슴에
그대생각
지우는 건
아닙니다
윤보영 수국이야기
법성화 이성인 쓰다

법성화 이성인

75.

사람들이
수국꽃을 좋아한다

그대 생각
더 나게 만드는 꽃!

빙그레 미소 지으며
당신을 만난 것처럼 좋아한다.

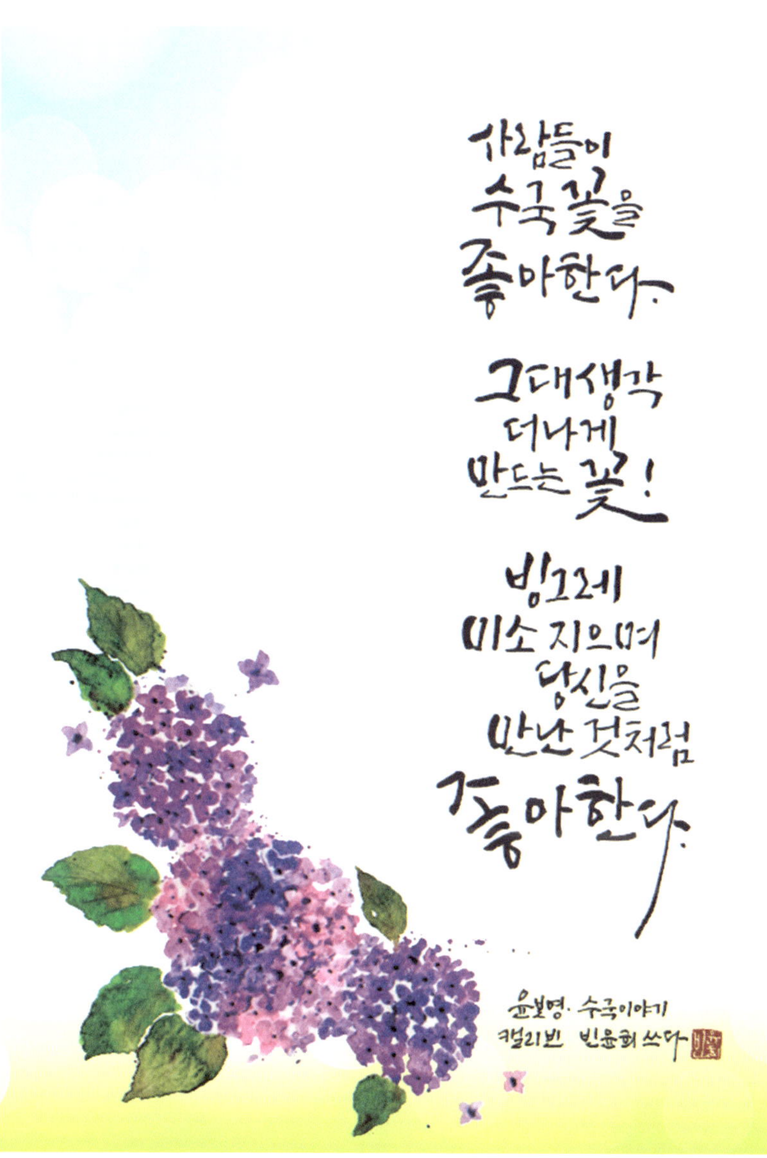
사람들이
수국꽃을
좋아한다.
그대생각
더나게
만드는 꽃!
빙그레
미소 지으며
당신을
만난 것처럼
좋아한다.
윤보영. 수국이야기
캘리빈 빈윤희 쓰다

캘리빈 빈윤희 bin.y.h80

76.

닮았다
널 좋아하는 나
날 좋아하는 너

수국꽃이
우리 얼굴을 닮았다
마음까지 닮았다.

수국
윤보영
닮았다
널 좋아하는 나
날 좋아하는 너
수국꽃이
우리 얼굴을 닮았다
마음까지 닮았다
미로 장명화 붓
장명화

미로 장명화 myoung_hwa

77.

그대 생각 꺼내 놓고
내 얼굴에
수국꽃 피우다가
툭 튀어나온 말

"못 살겠다, 내가!"

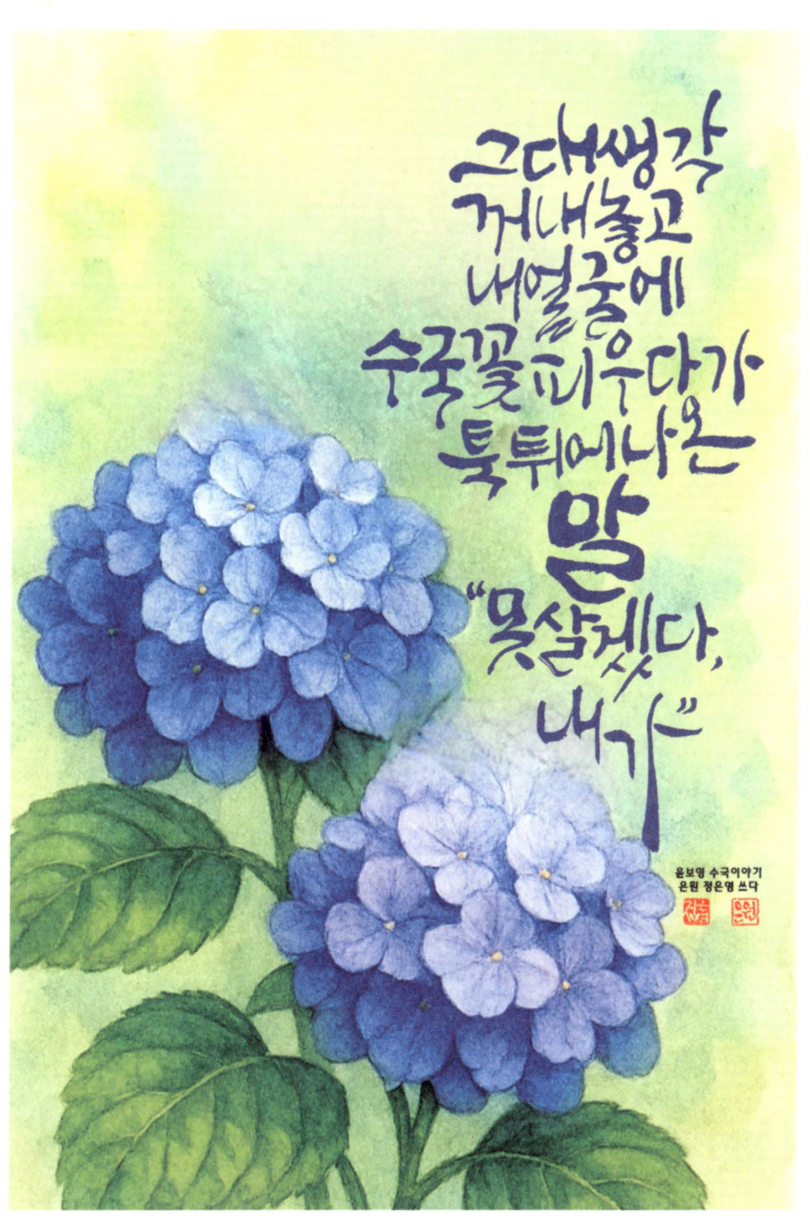
그대생각
꺼내놓고
내얼굴에
수국꽃피우다가
툭튀어나온
말
"못살겠다,
내가"
윤보영 수국이야기
은원 정은영 쓰다

은원 정은영 eunyeong8654

78.

겨울 수국나무에서
꽃을 볼 수 있는 건
고맙게도 내 안에
당신 모습이
가슴 찡한 꽃으로
늘 피어 있기 때문입니다.

겨울 수국 나무에서
꽃을 볼 수 있는건
고맙게도 내 안에
당신 모습이
가슴 찡한 꽃으로
늘 피어 있기 때문입니다
윤보영님시 수국
면봉 고남권 쓰다.

79.

수국꽃을 보니
기분이 좋네요

붉은색, 보라색, 파란색
색색으로 피었는데

모두모두
그대 웃는 얼굴이라
안 좋을 수 없었어요.

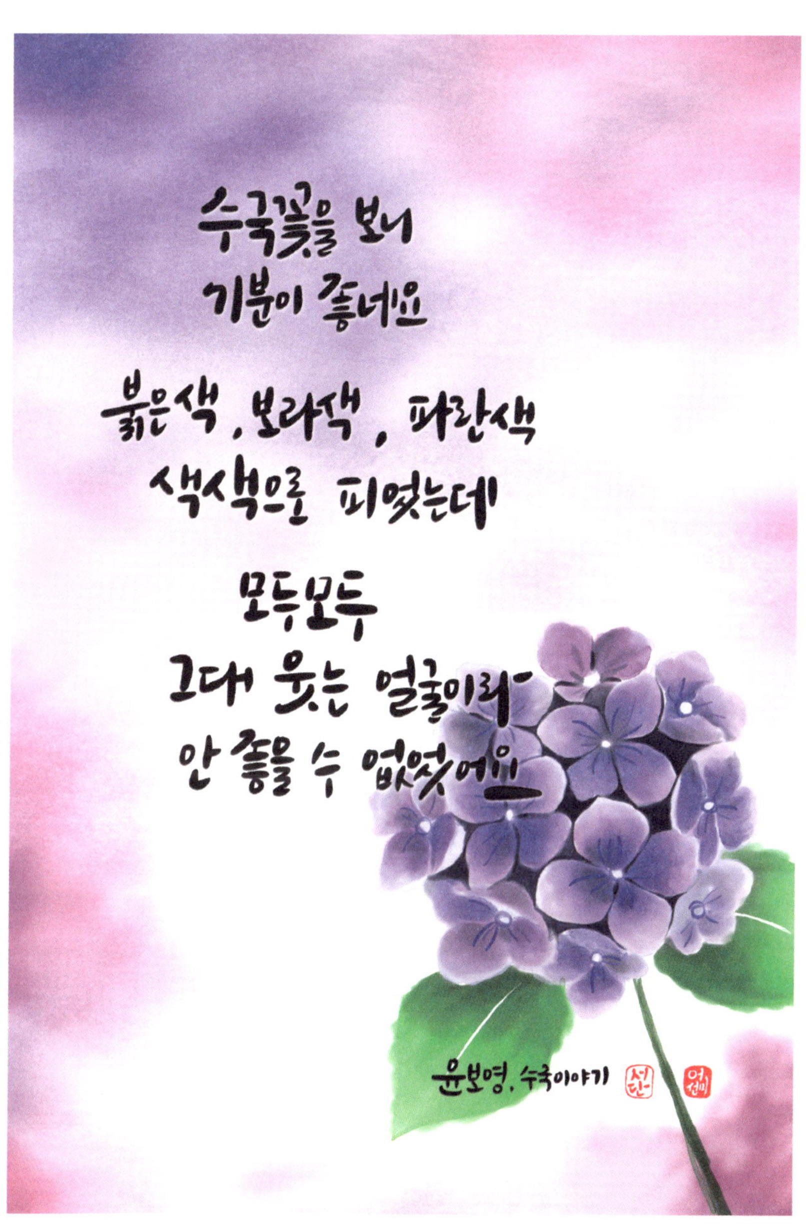
수국꽃을 보니
기분이 좋네요

붉은색, 보라색, 파란색
색색으로 피었는데

모두모두
그대 웃는 얼굴이라
안 좋을 수 없었어요
윤보영, 수국이야기

80.

수국꽃을 보다가
이 좋은 곳에 오다니
운이 좋다고 말하는 당신!

수국길에
활짝 핀 꽃 한 송이
더 보탰다.

수국꽃을 보다가
이 좋은 곳에 오다니
운이 좋다고
말하는 당신
수국길에
활짝 핀 꽃
한송이 더
보탰다.

윤보영 시
화성 노성희 쓰다

화성 노성희 bbaoo20000

81.

사람들은
왜 수국꽃을 좋아할까?

그럼
당신은
왜 그 사람을 좋아하는데?

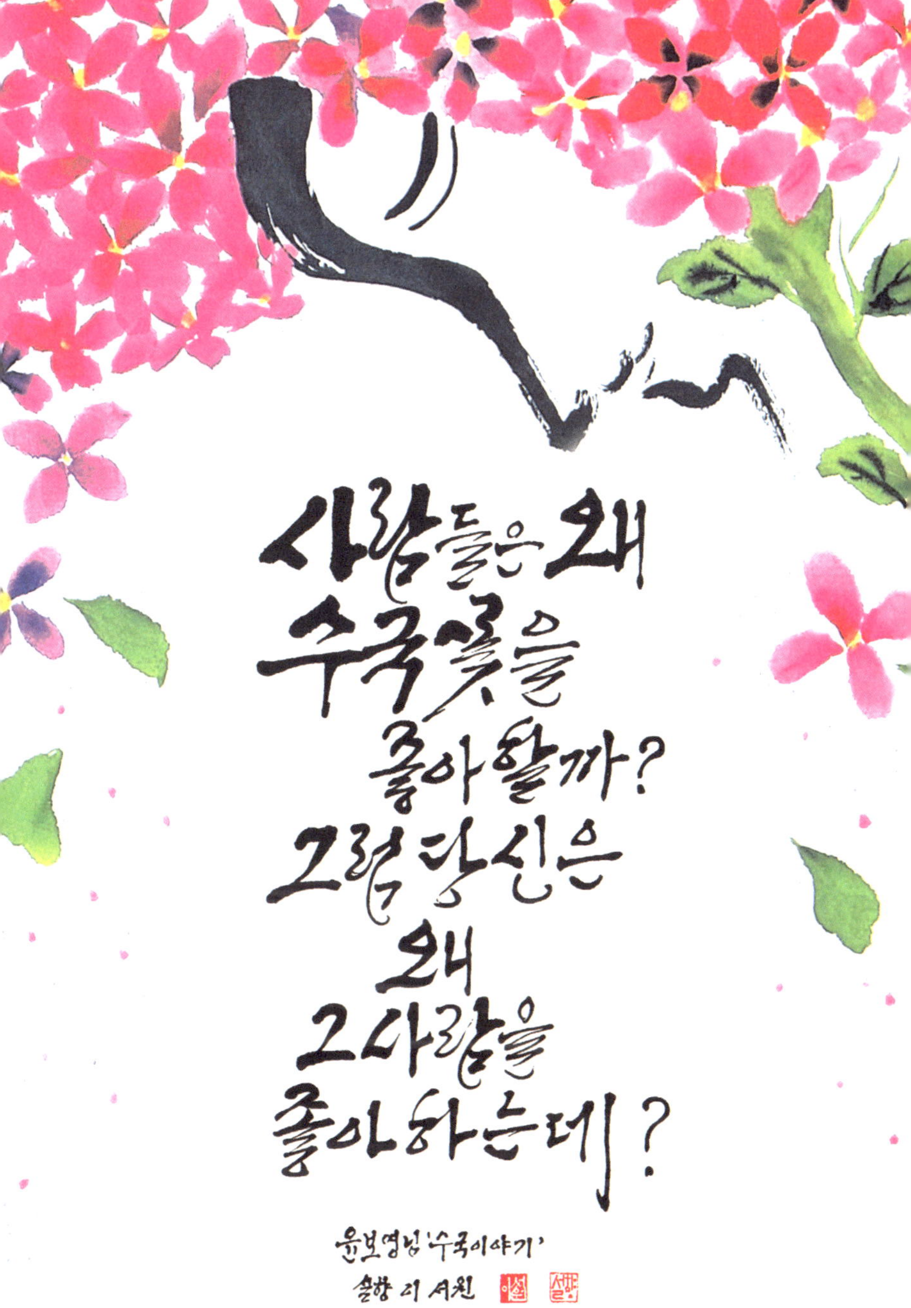
사람들은 왜
수국꽃을
좋아할까?
그럼 당신은
왜
그 사람을
좋아하는데?
윤보영님 '수국이야기'
설향 이서원

설향 이서원 calli snowscent

82.

뜬금없이 수국이
이만하면 되겠냐고 묻습니다

내 안의 그대
다음으로 좋아하는 수국꽃이
1등을 하고 싶었는지.

뜬금없이 수국이
어떻게 예쁜지 알아보라고
묻습니다
내 안의
그대
다음으로 좋아하는
수국꽃이 1등을 하고 싶었는지
윤보영 수국이야기 솔빛 전수정 쓰다

솔빛 전수정 solbit_sujung

83.

어머니, 아버지
형, 동생, 친구…
수국 언덕에서
참 많은 사람을 만났다

모두 수국꽃처럼
활짝 웃는 얼굴로.

어머니, 아버지
형, 동생, 친구…
수국 언덕에서
참 많은 사람을
만났다
모두 수국꽃처럼
활짝 웃는 얼굴
윤보영수국이야기
가율 방계선

84.

웃는 수국꽃 아세요?
제가 지금
그 꽃을 보고 있다면
안 믿겠죠?

그런데 어쩌죠?
눈감고 보니
당신 웃는 얼굴이 모두
수국꽃인데.

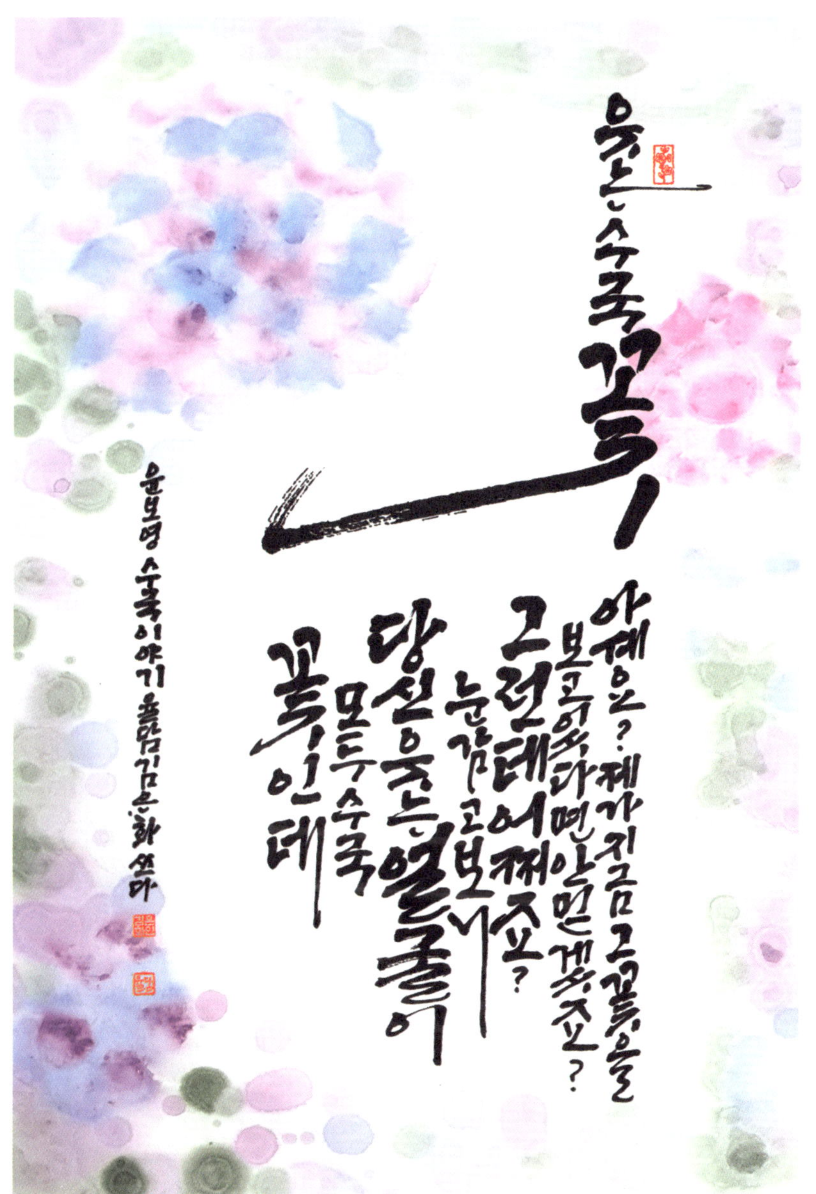
웃는 수국 꽃
아세요? 제가 지금 그 꽃을
보고 있다면 안 믿겠죠?
그런데 어쩌죠?
눈 감고 보니
당신 웃는 얼굴이
모두 수국
꽃인데
윤보영 수국 이야기 율담 김은화 쓰다

율담 김은화 gimeunhwa797

85.

수국 수국
수국꽃 속에는
수국새가 산다

그리운 대로
받아들이라며 우는 새!

내 가슴처럼
수국새가 산다.

수국 수국
수국꽃 속에는
수국새가 산다
그리운 대로
받아들이라며
우는 새!
내 가슴처럼
수국새가 산다.
윤보영 수국시 별란 임혜란 쓰다

별란 임혜란 thestar_flower

86.

이 많은
수국꽃 중에
제일 예쁜 꽃을
어떻게 찾지?

아, 맞다
꽃 한 송이 정하고
그대 얼굴
꽃 위에 얹어 보면 되지.

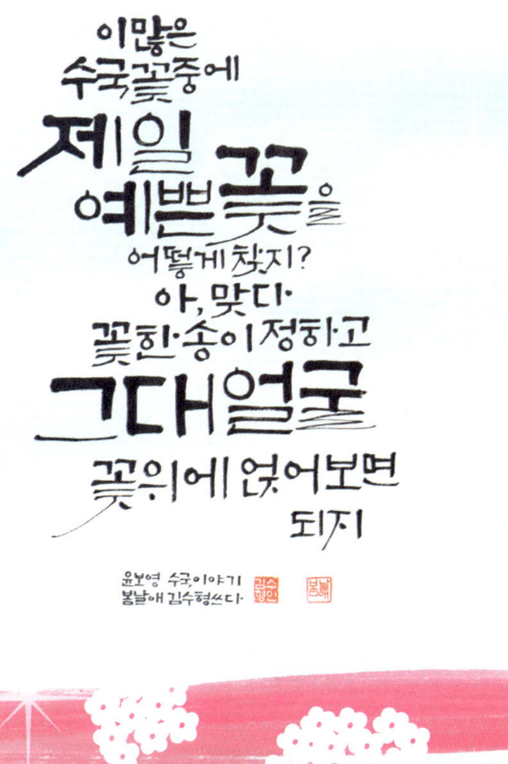
이 많은
수국꽃 중에
제일
예쁜 꽃을
어떻게 찾지?
아, 맞다
꽃 한 송이 정하고
그대 얼굴
꽃 위에 얹어보면
되지
윤보영 수국 이야기
봄날애 김수형 쓰다

봄날애 김수형 bomnalove_calli

87.

수국꽃!
이렇게 적고
더 이상 적지 못했다

수국꽃 좋아하는
그대 생각이 나서

울컥하고
앞이 안 보일 정도로
가슴이 먹먹해져서.

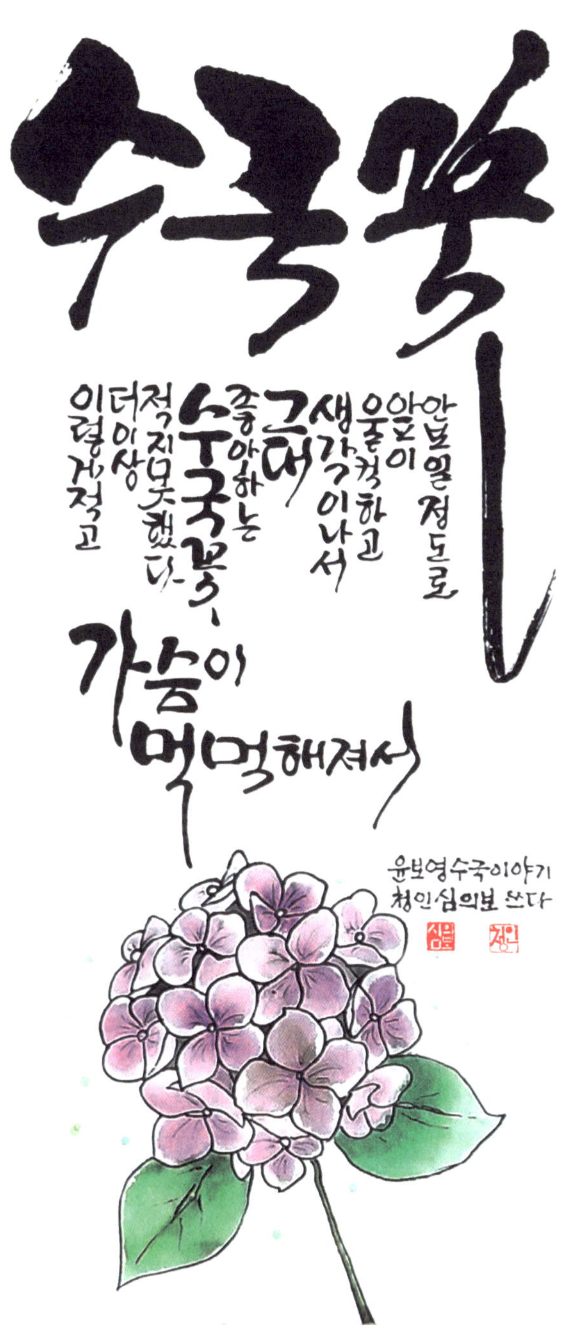
수국꽃
안 보일 정도로
알이
울컥하고
생각이 나서
그대
좋아하는
수국꽃,
적지 못했다.
더 이상
이렇게 적고
가슴이
먹먹해져서
윤보영 수국이야기
청인 심의보 쓴다

청인 심의보

88.

수국길에서
당신 생각 안 했다는 건
차를 타지 않고, 먼 길을
걸어왔다는 말과 같습니다.

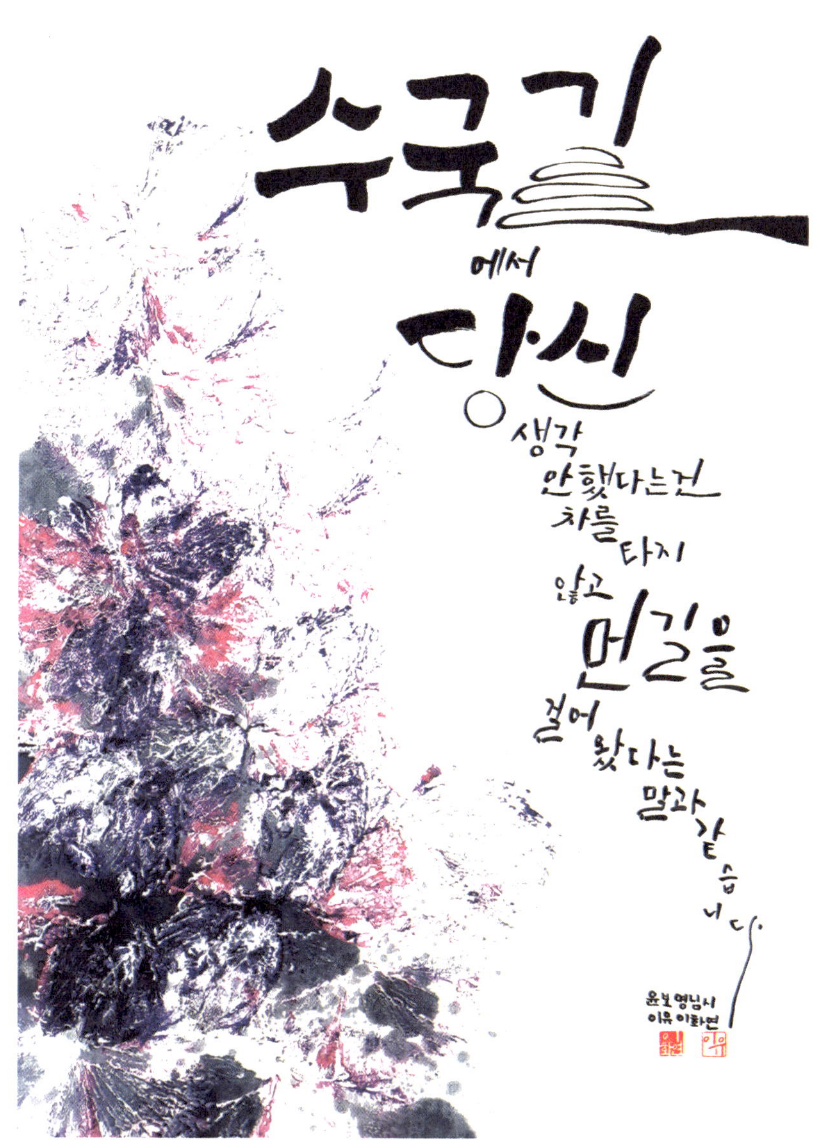
수국길
에서
당신
생각
안했다는건
차를 타지
않고 먼길을
걸어 왔다는
말과 같습니다.
윤보영님시
이유 이화연

이유 이화연

89.

수국꽃을 보는데
눈물이 나오려 합니다

꽃이 예뻐서?
귀한 꽃이라?
나를 닮아서?

아니, 그냥
그대가 생각나서.

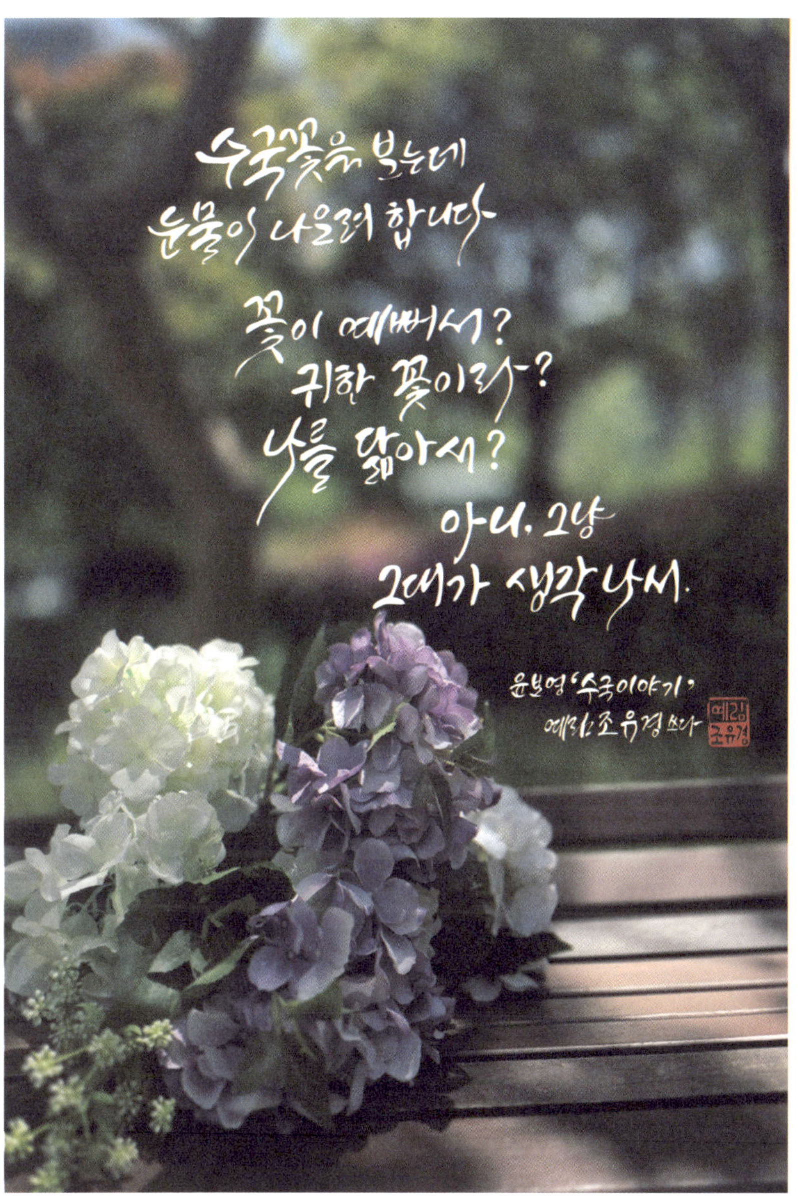
수국꽃을 보는데
눈물이 나올려 합니다
꽃이 예뻐서?
귀한 꽃이라?
나를 닮아서?
아니, 그냥
그대가 생각나서.
윤보영 '수국이야기'
예림 조유경 쓰다
예림 조유경

예림 조유경 mcho7079

90.

수국꽃길을 걷다가

혹시 길 끝에
그대가 있다면?

웃었다
좋아서 웃었다.

수국꽃길을 걷다가
혹시 길끝에
그대가 있다면?
웃었다
좋아서 웃었다

윤보영 수국이야기
서희 김선희쓰다

서희 김선희 seohee5533

91.

겨울 수국은
꽃 피울 준비를 하면서
무슨 생각을 할까?

'내가 피운 꽃이
좋아하는 사람
얼굴을 닮아야 할 텐데….'

을 다듬어야 할 텐데
피우는 꽃이 좋아하는 사람을
하면서 무슨 색을 칠할까 나가
겨울 수국은 꽃 피우니 비를

윤보영 수국 이야기 정해원 씀

견우 정해원 bom._.0315

92.

산책길을 만들고
수국 심기를 잘했다

꽃 가득 핀
꽃길을 걷다 보니
꽃이 모두
그대 웃는 얼굴!

열 번
백 번 생각해도 잘했다.

산책길을
만들고
수국 심기를
잘했다
꽃 가득 핀
꽃길을
걷다 보니
꽃이 모두
그대
웃는 얼굴
열 번
백 번
생각해도
잘했다
윤보영님의 수국
연월 박은숙 옮겨쓰다

연월 박은숙 callispoon_

93.

세상에서
가장 행복한
수국꽃밭은?

송이송이 꽃마다
좋아하는 사람
얼굴 닮아
좋아할 수밖에 없는
지금 이곳!

세상에서
가장 행복한
수국꽃밭은
송이송이 꽃마다
좋아하는 사람
얼굴 닮아
좋아할 수밖에 없는
지금이고

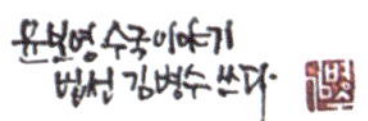
윤보영 수국이야기
법선 김병수 쓴다

법선 김병수

94.

수국꽃이
봄꽃 진 여름에 피어
예쁘다고요?
아니, 아니요
꽃이 예뻐서 예뻐요
그대 닮아
감동까지 주기도 하고.

수국꽃이
봄꽃 진 여름에
피어
예쁘다고요?
아니,
아니요
꽃이 예뻐서
예뻐요
그대 닮아
감동까지
주기도
하고
윤보영 시
지란 김윤정 쓰다

지란 김윤정 jirancalli

95.

수국꽃이
나라고 하면
안 믿겠지?

그래서 지금
널 좋아하는
내 얼굴이라 얘기도 못 하고
핑겟거리 찾는 중.

수국꽃이
나라고 하면
안 믿겠지?

그래서 지금
널 좋아하는
내 얼굴이라
얘기도
못하고
핑계거리
찾는 중

윤보영 수국 이야기
숲니 안인숙 書

숲니 안인숙

96.

모두 수국을 좋아해서
수국을 심었습니다
동산이 되었습니다

수국을 심으면서
당신 생각 많이 했으니
올해, 보나마나
수국꽃 예쁘게 피겠지요?

수국꽃
모두
수국을
좋아해서
수국을 심었습니다
동산이 되었습니다
수국을 심으면서
당신 생각 많이 했으니
올해, 보나마나
수국꽃
예쁘게
피었지요?
윤보영님 수국이야기
고은 박혜연 쓰다

고은 박혜연 goeun.calli

97.

수국꽃 속에과속방지턱이 있다?

예, 있습니다
너무 예뻐숨 못 쉴까 봐
천천히 보라는 거지요!

수국길 속에
과속 방지턱이 있다?
예. 있습니다

너무 예뻐
숨 못 쉴까 봐
천천히
보라는 거지요!
윤보영시 수국이야기
윤슬 지태분 쓰다
지태분

98.

내가 당신을
수국꽃이라 말할 때
이의를 다는 사람 없었다

수국꽃을 먼저 보고
당신을 보면
수국꽃처럼 예쁘다는 사실
저절로 알 테니까.

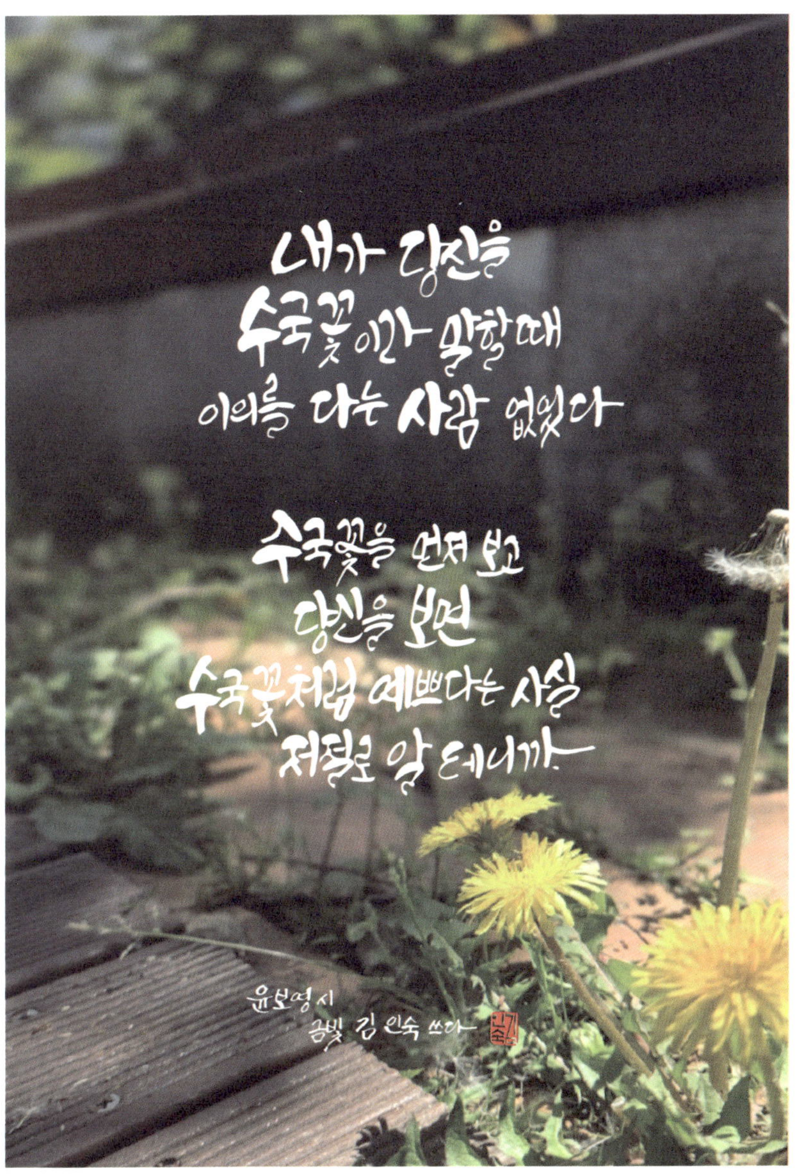
내가 당신을
수국꽃이라 말할 때
이의를 다는 사람 없었다
수국꽃을 먼저 보고
당신을 보면
수국꽃처럼 예쁘다는 사실
저절로 알 테니까
윤보영 시
금빛 김인숙 쓰다

금빛 김인숙

• 윤보영 시인의 《수국 이야기》 캘리그라피 시선집 발간을 마치고

지난해 윤보영캘리랜드연구소에서 구절초가 흐드러지게 핀 가을날 《시인의 마을 캘리그라피 시선집-윤보영 시인편》을 발간하고 함께 열린 깃발전을 성황리에 마쳤다. 그 일을 계기로 좀 더 나은 활동을 위해 윤보영캘리랜드연구소는 '한국감성캘리그라피협회'라는 이름으로 거듭나게 되었다.

그리고 첫 번째 기획으로 휴이야기터 언덕에 가득 핀 아름다운 수국꽃과 윤보영 시인의 감성시를 접목해 다시 한번 시선집을 발간하고 깃발전을 해 보자는 의견이 나왔다.

함께할 분이 얼마나 될까 고민을 하기도 전에 캘리그라피 작가들이 다시 하고 싶었다며 함께해 주었고, 아름다운 수국 시가 각양각색의 꽃과 그림, 사진에 담겨 새로운 작품으로 탄생하였으며, 이 작품들로 멋진 시선집을 만들게 되었다.

한 번 해 봤으니 두 번째는 쉽겠지 생각했는데 막상 시작하니 더 잘하고 싶은 욕심이 앞섰고, 또 하나의 주제로 다양하게 진행해야 하는 어려움까지 있었다. 하지만 그 어려움을 보람과 지혜로 잘 극복해 낸 전국 98인의 캘리그라피 작가들! 그들의 멋진 작품과 윤보영 시인이 직접 쓴 작품이 수국꽃 향기를 담고 있다.

이번 프로젝트를 위해 편집위원들은 참여 작가들과 윤보영 시인과 함께하는 '한국감성캘리그라피협회'에 누가 되지 않으려고 더 잦은 회의와 답사를 했고, 이를 바탕으로 더 신중하게 편집이며 작품 수정을 했다.

새벽잠을 설치며 함께 이끌어 간 김복자 회장과 남궁정원 부회장, 총괄 진행을 맡아 준 정정미 사무국장의 노고에 감사하며, 멋진 시집을 발간해 준 이지출판 서용순 대표님께도 깊이 감사드린다.

꽃향기 가득한 윤보영 시인의 《수국 이야기》 시선집에 수록된 아름다운 작품들이 휴이야기터 언덕의 수국꽃과 깃발로 어우러져 아름답게 흩날릴 걸 생각하니 상상만으로도 행복하다. 새로운 첫 발걸음을 잘 뗐으니 다음엔 좀 더 아름다운 꽃길로 우리 작가들 모두 함께 발맞춰 나아갔으면 좋겠다.

혼자 펴서 아름답기보다 어우러져 더 아름다운 수국꽃처럼 참여 작가 모두 일상에서 한 송이 어여쁜 꽃으로 피어나 주위에 향기를 전하는 사람들이 되었으면 좋겠다.

시인의 마을 두 번째 캘리그라피 시선집
윤보영 시인의 《수국 이야기》 참여 작가 98인 일동

시인의마을 두번째 캘리그라피 깃발전

윤보영 시인의

수국이야기

Opening
6월 28일(토)
오후 1시

참여작가

강수경 박혜연
고남권 방계선
공신정 백영희
구정란 백지현
국은별 빈윤희
권유희 성희연
김가영 신종윤
김고현 심의보
김금숙 심지영
김기남 안인숙
김지현 어선미
김미영 원채빈
김병수 윤동주
김복자 이광희
김분현 이남주
김서형 이미례
김선희 이미용
김수형 이서원
김연주 이서하
김용숙 이선영
김윤경 이성인
김윤정 이성하
김은영 이순자
김은주 이영림
김은화 이예나
김인숙 이유미
김정아 이윤정
김정희 이주애
김주숙 이태숙
김태인 이현영
김현옥 이화연
김형애 임옥례
김혜영 임혜란
나경희 장명화
나수정 전수정
남궁순 정유진
남궁정원 정은영
남영아 정정미
남정임 정해원
노성희 조연아
문채희 조유경
민병금 조효진
박경미 지인옥
박미자 지태분
박은숙 차해정
박진아 최미란
박창숙 최선희
박현정 최정화
박현주 홍경애

2025년 6월 28일(토) ~ 7월 27일(일)

대한철강 전시관 (경기도 광주시 추곡길 40번길 23 휴이야기터)

주최: KSCA 한국감성캘리그라피협회 Korea Sensibility Calligraphy Association

후원 : 휴이야기터, (주)지비스타일, 이지출판사, 한국작가협회, 윤보영감성시학교, 윤보영팬클럽